Le grand combat

DU MÊME AUTEUR
AUX ÉDITIONS J'AI LU

Une colère noire, n° 11636

TA-NEHISI COATES

Le grand combat

Traduit de l'anglais (États-Unis)
par Karine Lalechère

RÉCIT

J'AI LU

TITRE ORIGINAL :
The beautiful struggle

ÉDITEUR ORIGINAL :
Spiegel & Grau, une marque de Random House,
division de Penguin Random House LLC.

À ma mère,
Cheryl Waters

Le clan Coates

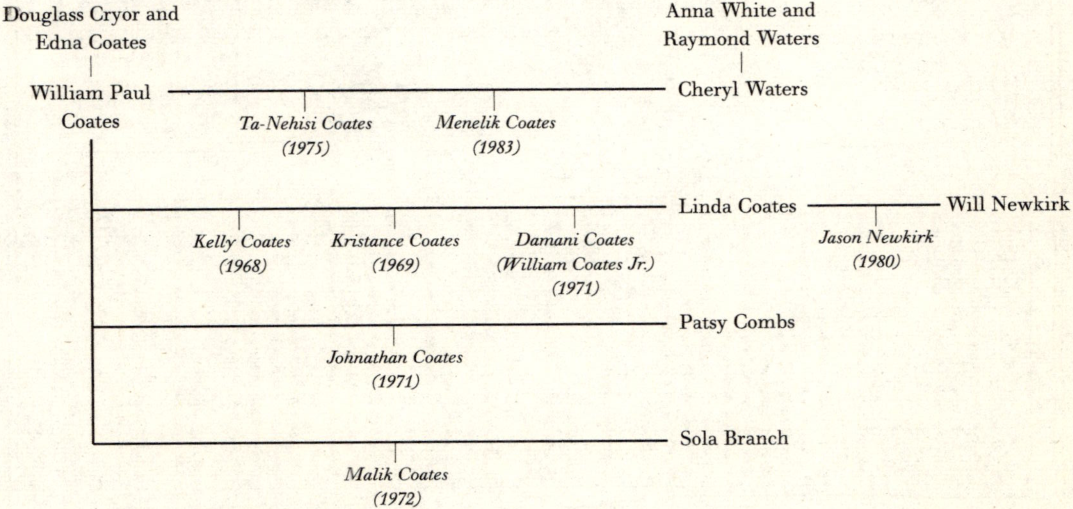

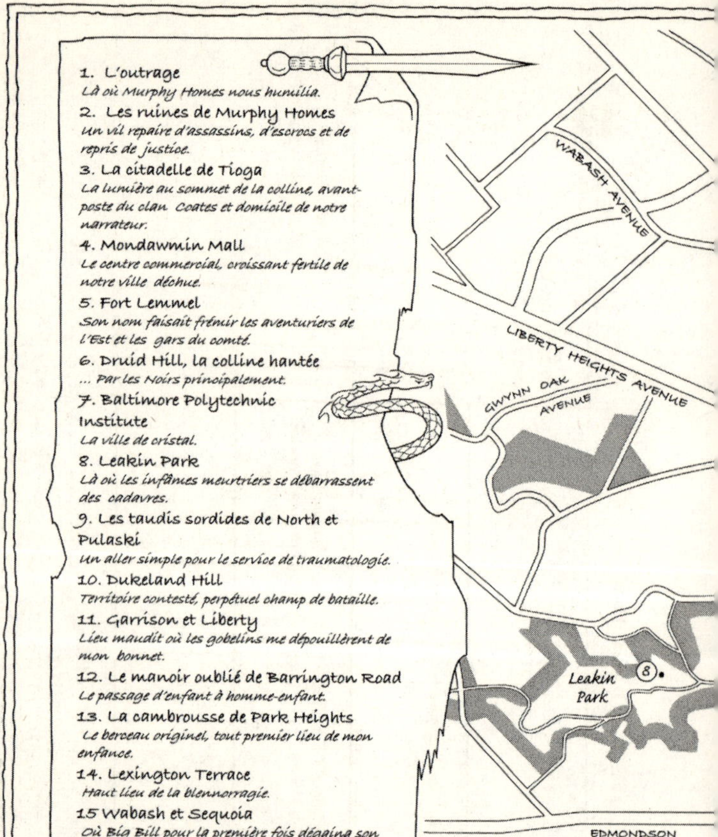
1. L'outrage
Là où Murphy Homes nous humilia.
2. Les ruines de Murphy Homes
Un vil repaire d'assassins, d'escrocs et de repris de justice.
3. La citadelle de Tioga
La lumière au sommet de la colline, avant-poste du clan Coates et domicile de notre narrateur.
4. Mondawmin Mall
Le centre commercial, croissant fertile de notre ville déchue.
5. Fort Lemmel
Son nom faisait frémir les aventuriers de l'Est et les gars du comté.
6. Druid Hill, la colline hantée
… Par les Noirs principalement.
7. Baltimore Polytechnic Institute
La ville de cristal.
8. Leakin Park
Là où les infâmes meurtriers se débarrassent des cadavres.
9. Les taudis sordides de North et Pulaski
Un aller simple pour le service de traumatologie.
10. Dukeland Hill
Territoire contesté, perpétuel champ de bataille.
11. Garrison et Liberty
Lieu maudit où les gobelins me dépouillèrent de mon bonnet.
12. Le manoir oublié de Barrington Road
Le passage d'enfant à homme-enfant.
13. La cambrousse de Park Heights
Le berceau originel, tout premier lieu de mon enfance.
14. Lexington Terrace
Haut lieu de la blennorragie.
15 Wabash et Sequoia
Où Big Bill pour la première fois dégaina son épée.
16. Woodlawn
Les vertes prairies, le sanctuaire à deux pas du chaos.
17. La route de La Mecque
Par ici la sortie : la grande évasion.
WABASH AVENUE
LIBERTY HEIGHTS AVENUE
GWYNN OAK AVENUE
Leakin Park
8
EDMONDSON
Woodlawn 16
Mecca 17

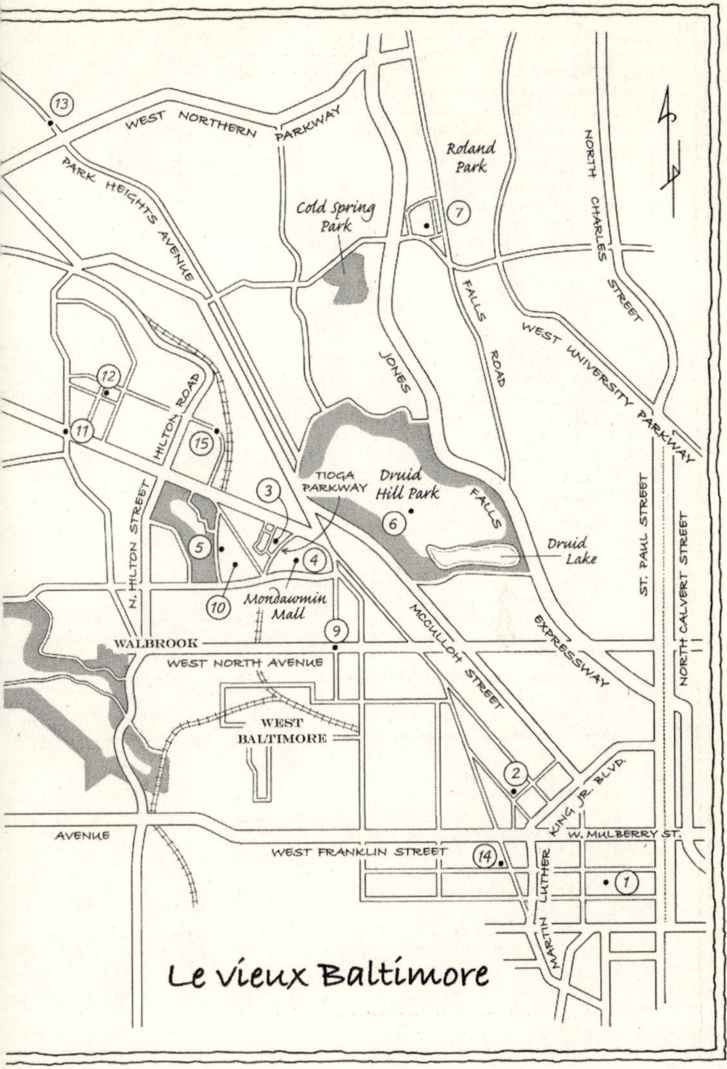

Le vieux Baltimore

1

There lived a little boy who was misled

Ici vivait un petit garçon qui a mal tourné
(« Children's Story », Slick Rick, 1988)

Quand ils nous coincèrent dans Charles Street, ils étaient tels qu'on me les avait décrits. Ils ne brandissaient pas d'étendard, n'exhibaient ni amulette ni signe secret. Pourtant, je voyais leur nom terrifiant avancer vers nous, auréolé de légende. Ils étaient prodigieux. Ils arboraient les Stetson de Hollis, sans l'or[1]. Ils étaient longilignes, des ombres capables de vous mettre au tapis en trois coups – direct, uppercut, direct – à cent mètres de distance. Ils n'avaient pas d'yeux. Ils glapissaient et huaient, s'exhortaient mutuellement, dansaient frénétiquement, psalmodiaient « Rock'n roll is here to stay ». Lorsque les mecs de Murphy Homes nous encerclèrent, la lune se drapa dans

1. Hollis est un quartier du Queens dont est originaire Run – DMC, groupe de hip-hop américain. Outre les chaînes en or, le Stetson est l'un des éléments qui composent la panoplie des membres du groupe. (*Toutes les notes sont de la traductrice.*)

son grand manteau noir et les bouffons de Fell's Point se figèrent.

C'est leur nombre qui me mit la puce à l'oreille : personne ne se déplaçait ainsi, en meute. Ils n'étaient que six ou huit autour de nous, mais les autres étaient postés aux quatre coins de la rue. J'étais ailleurs, comme d'habitude, perdu dans les cavernes de *Donjons et Dragons* ou fasciné par la disparition de la remorque d'Optimus Prime. Il me fallait toujours du temps pour atterrir. Big Bill, qui les avait aussitôt repérés, s'était figé. Moi, je planais tellement que, lorsqu'ils lui portèrent un coup de poing maladroit, je crus d'abord à une salutation.

Ce n'est qu'en voyant ses bras fendre l'air que je compris : mon grand frère se taillait. Murphy Homes se rabattit sur moi.

À cette époque, Baltimore était la proie des factions, divisée en gangs qui prenaient le nom de leur quartier. Ceux de Walbrook Junction régnaient en maître, jusqu'à ce qu'ils se heurtent à North et Pulaski, une bande de lâches sans vergogne, le genre à te mettre la honte devant ta meuf.

Mais tout en haut trônait Murphy Homes. L'ampleur de leur scélératesse leur conférait une dimension mythique. Partout où ils passaient – la vieille ville, Shake and Bake, le port –, ils brisaient des genoux et pétaient des tronches. Jusqu'aux confins les plus reculés, on entendait résonner leur nom : Murphy Homes cassait du négro à coups de pistolet de pompe à essence. Murphy Homes lacérait les dos et versait du sel dans les plaies. Murphy Homes se téléportait en un clin d'œil, volait à dos de chauve-souris, accomplissait des rites macabres au sommet de Druid Hill.

Je tentai de suivre Bill, mais ils me barrèrent la route. Un gobelin se détacha de la troupe :

— Tu vas où, petit pédé ?

et m'allongea un coup de poing qui m'étourdit. Un instant plus tard, mes Converse muées en crampons labouraient le bitume. Je slalomais et feintais, je culbutais les piétons sous les acclamations des feux de circulation, qui clignotaient sur mon passage. Au moment où les bandits allaient me mettre la main dessus, je m'évaporai, ne leur laissant qu'un souvenir. Je fis demi-tour et retournai à Lexington Market. Aucun signe de Bill. Je me dirigeai vers une cabine téléphonique.

— Papa, on est tombés dans une embuscade.

— OK, fils. Trouve un adulte et reste à côté de lui.

— Je suis devant Lexington Market. Bill a disparu.

— J'arrive, fils.

J'avais franchi une limite. C'était pire que la ceinture de cuir noir de mon père. Avec lui, au moins, on savait à quoi s'attendre. Mais là, sur la tête des Kobolds[1], c'était une vision affreuse et insensée : des gosses perdus pour qui rien ne comptait hors le gang, déployés en petits groupes déchaînés jusqu'au croisement suivant. Je rejoignis l'arrêt de bus et me plaçai à côté d'un homme de la génération de mon père, comme si l'âge était un bouclier. Il me regarda, imperturbable, puis se tourna vers la horde écumante de voyous qui enflait un peu plus loin.

Ce soir-là, nous étions sortis pour assister à un combat de catch, notre dernière passion en date.

1. Créatures humanoïdes du jeu de rôles *Donjons et Dragons*.

Les catcheurs élevaient la rixe de bar au rang d'art martial ; ils entraient en scène sur une musique de Blanc tonitruante, dopés par les huées et les applaudissements, leurs longs cheveux à la Van Halen flottant au vent, levant le menton si haut qu'ils tutoyaient Dieu. Des prises étaient inventées, baptisées, brevetées et redoutées – tel le camel clutch, la fameuse « prise du chameau » qui coûta son titre de champion à Bob Backlund –, et c'était aussi un enchantement pour nous, cette créativité de la langue qui donnait du style et de la grâce à une raclée, transformait un œil arraché en rituel.

Le samedi midi, on était sûr de nous trouver vautrés par terre dans le salon ou tripotant le cintre derrière notre télé couleurs d'occasion, jusqu'à ce que les Fabulous Freebirds, Baby Doll et Ron Garvin apparaissent entre les lignes ondulées et les parasites. Les catcheurs sillonnaient le pays, perfectionnant leur numéro dément. Ils étaient délirants. Ils avaient la faconde d'un prêcheur noir, portaient des peignoirs en soie, des maillots de bain et des ceintures pailletées ; ils se pavanaient avec des ombrelles et récitaient de la poésie. Des magazines sur papier glacé surgissaient du néant pour propager leur évangile, leurs grimaces patibulaires, leurs menaces creuses et leur folklore. Dans les vestiaires, ils donnaient des interviews ponctuées de coups de poing en l'air. Ils pillaient l'histoire du monde et massacraient la mythologie, pour nous présenter un Hercules Hernandez descendu du mont Olympe et un Iron Sheik, ambassadeur d'un Orient de pacotille. Ils organisaient des sommets et menaient des négociations qui se terminaient systématiquement en pugilat.

Il y avait les fans du Hulkster ou de Kevin Von Erich. Moi, je ne jurais que par Dusty Rhodes, l'American Dream.

Il entrait dans la salle en se dandinant lourdement, sous un tonnerre d'applaudissements et une salve de feux d'artifice. Son bide débordait de son maillot de bain. Dans ses yeux, on lisait des histoires noires.

Les Four Horsemen l'attachaient aux cordes et le tabassaient jusqu'à ce que ses cheveux ne soient plus qu'une masse blonde sanguinolente. Je grimaçais et je trépignais, lui hurlant de se relever. Bill, qui soutenait toujours les méchants, gloussait quand Ric Flair arpentait le ring, rejetant en arrière son invraisemblable crinière platine. Alors, le Dream passait à l'attaque : prises en quatre inversées, coups de coude sur le crâne – les fameux « *bionic elbows* » de Dusty –, directs à la Sonny Liston. Parmi ses adversaires en déroute – Tully Blanchard hébété, les frères Anderson amochés –, il se tournait vers la foule en délire et, tel KRS-One s'apprêtant à rapper, il s'emparait du micro :

— C'est moi, Dusty le Grand. Le roi du ring. Je vous l'ai déjà dit : le catch professionnel, c'est moi, le Dream. Je suis arrivé au sommet et celui qui m'en délogera n'est pas né.

Il fallait absolument qu'on les voie. Mais nous avions besoin de l'aval de notre père, pour qui seul le labeur comptait dans la vie. Il travaillait sept jours sur sept. Big Bill l'appelait le pape, car chaque semaine il proclamait des décrets qui n'admettaient aucune dispense, comme s'il avait une ligne directe avec Dieu. Nous n'avions pas le droit de manger le jour de Thanksgiving, sous peine de sermon. Il vouait aux gémonies la climatisation, les magnétoscopes et les jeux vidéo. Il nous obligeait à entretenir la pelouse avec une tondeuse à main. Le matin, il mettait NPR, la radio publique, et ne sollicitait notre opinion que pour la réfuter et engager le débat. Il passa plusieurs jours à disséquer Tarzan et le Lone Ranger, si bien qu'à six ans je ne pouvais plus ignorer le poison insidieux de l'idéologie coloniale. En fait, je suis sûr qu'il accéda à notre prière uniquement pour nous donner une leçon.

Il nous offrit deux billets pour un match de catch professionnel, avec une blague en prime :

— Allez voir Kamala, le géant ougandais. Et vous comprendrez vous aussi que ce nègre vient de l'Alabama.

À la Baltimore Arena, l'ambiance était à son comble. Nous avions des places bon marché au sommet des gradins, si haut que le ring tout en bas semblait un paquet cadeau rien que pour nous. Il y avait des Blancs partout : jamais je n'en avais vu autant. Ils portaient des casquettes et des jeans coupés aux genoux ; troupeaux de jeunes, hot-dogs et pop-corn. Je les trouvai sales, et cela me rendit raciste et fier.

J'aimerais vous raconter ce qui s'est passé ensuite. Mais je ne m'en souviens pas. J'étais dans un état de réceptivité total ; je voulais acclamer Koko B. Ware, l'homme oiseau, avec ses lunettes enveloppantes, sa permanente à la Michael Jackson et son collant en Lycra bleu et or. Il n'écoutait jamais sa musique d'entrée : sa mélodie était intérieure. Peut-être ce soir-là fondit-il vers le ring en piqué, battant des bras, parlant à ses deux perroquets, un sur chaque épaule. Je voulais voir le Dream, qui, seul contre tous, au paroxysme de la rivalité l'opposant aux Four Horsemen, avait recours aux techniques de la guérilla : capes, masques et escarmouches, guet-apens sur les parkings et devant chez eux, rendez-vous galants virant à l'empoignade. Malheureusement, tout s'est effacé et, quand je fouille ma mémoire, il n'en émerge que les vrilles de Murphy Homes et la manière dont elles plantèrent leurs griffes dans la tête de mon frère. Avant cet épisode, c'était déjà un lascar, mais ce brigandage de grand chemin, ce rapt de notre personne le poussa vers autre chose. Les désespérés avaient posé leur marque sur lui et désormais il ne pouvait plus ignorer l'enjeu.

Je sais que mes parents me sauvèrent, qu'ils arrivèrent au volant de leur Golf gris métallisé peu après mon appel ; que mon père s'enfonça dans la nuit grouillante à la recherche de son fils aîné et que, pour la première et dernière fois, j'eus peur pour lui. Je sais que la mère de Bill, Linda, fonça au port, qu'elle le trouva la première et le rapatria à Jamestown. Je sais que Bill revint chez nous quelques jours plus tard et que, lorsque je lui racontai que j'avais semé Murphy Homes, que j'étais un vrai Kid Flash[1], il me toisa d'un air incrédule :

— Idiot, ils t'ont laissé filer pour pouvoir me courser.

À en croire les journaux que notre père semait un peu partout dans la maison, le monde extérieur était obsédé par l'explosion de la navette Challenger et le scandale des caisses d'épargne

1. Nom de plusieurs super-héros appartenant à l'univers de DC Comics.

américaines. Mais nous habitions un autre pays, qui lui était au bord du gouffre. Toutes les règles anciennes s'effondraient autour de nous. Les statistiques étaient désastreuses et souvent récitées : un jeune Noir sur vingt et un tué, en général par un autre Noir, plus d'entre nous en prison qu'à l'université.

Des chercheurs du dimanche se penchèrent sur notre cas. Jawanza Kunjufu avait le vent en poupe. Parce qu'il promettait des réponses, son ouvrage *Countering the Conspiracy to Destroy Black Boys*, était constamment invoqué. À l'occasion de conférences, on réunissait les garçons. À l'école, on nous parquait dans des amphis. Chez nous, nos mères nous appelaient à table. Puis on nous annonçait la nouvelle : nos jours étaient comptés.

Nous vivions dans une maison mitoyenne sur la pente de Tioga Parkway, à West Baltimore. Il y avait une petite cuisine, trois chambres et trois salles de bain, mais une seule utilisable. Nous dormions tous à l'étage. Mes parents dans la modeste chambre principale. Mes sœurs Kris et Kell, lorsqu'elles rentraient de l'université Howard*[1] pour les vacances, dans une pièce où mon père rangeait aussi ses livres. À l'arrière, il y avait un balcon avec une balustrade pourrie qui faillit avoir ma peau. Un jour que je m'appuyai au bois vermoulu, je basculai la tête la première. Par chance, je me rattrapai à l'auvent de la porte de derrière et retombai sur mes pieds.

---

1. Tous les mots suivis d'un astérisque sont définis dans le glossaire p. 235.

Ma chambre était la plus petite, toujours encombrée de volumes des encyclopédies *World Book* et *Childcraft*, de tomes de *Lancedragon* et du *Royaume de Narnia*. Nous avions des lits superposés en pin massif : je dormais en bas avec mon jeune frère Menelik. Big Bill, comme en toute chose, nous dominait. Il était le premier fils de notre père de quelques mois seulement, un avantage minime dont il s'était fait un blason. Il commençait ses phrases par : « En tant qu'aîné… » et cherchait à transformer ses cadets en guerriers. Big Bill ne connaissait pas la peur. Il avait de l'allure, une démarche qui écartait la foule et prévenait les embrouilles. Quand il s'ennuyait, il raillait nos cheveux trop longs, notre acné ou nos pompes de losers.

Bill : Ta-Nehisi, dégage avec tes NBA craignos. Tu sais ce que ça veut dire ? Nique les Bouffons sans Adidas. Et toi, Gary, je vois pas pourquoi tu te marres avec tes Cuga à quatre bandes. Tu sais ce que ça veut dire : Cours d'Urgence Gauler des Adidas…

À l'époque, Crazy Chuckie faisait régner la terreur sur le quartier. Quand on improvisait un match de foot américain à cinq, il prenait le moindre plaquage pour une attaque personnelle, le moindre blocage pour une invite à la bagarre. Une fois, il arracha un poteau métallique du sol et le fit tournoyer, en menaçant le gros Wayne qui finit par se réfugier dans notre salon. C'est alors que mon père apparut et le toisa, genre je-ne-plaisante-pas. Chuckie jura et agita son javelot, mais il battit en retraite. Le soir même, allongé sur le lit du bas, je racontai la scène à Bill.

Moi : C'est trop un malade, ce mec.
Bill : J'emmerde ce bâtard. Si Chuckie me cherche, je lui éclate la tronche.

Cet automne-là, Chuckie tua son père, se fit choper par les flics et disparut dans les ténèbres d'un établissement pénitentiaire pour mineurs.

Mon pote Stevie, qui était dans une école privée, habitait deux maisons plus loin. Je jouais devant chez lui avec ses G.I. Joe, jusqu'au jour où je me rendis compte que cela faisait de moi une cible. En face se trouvait le centre commercial. Le Mondawmin Mall était le temple de la mode des quartiers ouest, l'antre du vice, de la violence et du style. Le cuir, la fourrure et l'argent brillaient dans toutes les vitrines couvertes de grands chiffres rouges barrés. Mais les prix et les frangines fessues rendaient les mecs cinglés. Si vous aviez le malheur de marcher sur une Puma en daim, c'était le jihad. En ce temps-là, le crack était partout et, même si je n'avais jamais vu le calumet d'un camé, sa fumée noircissait tout, transformait notre bonne ville en un bazar de colifichets payés à prix d'or, la Gomorrhe du Maryland. On mesurait la valeur d'un jeune homme à l'épaisseur de ses maillons dorés. Les bagues façon coup de poing américain à deux, trois ou quatre doigts distinguaient la piétaille des chevaliers et les chevaliers de l'aristocratie de ce Moyen Âge moderne. On rêvait tous de parader au volant de Jeep Cherokee noires, de se garer boulevard de la Flambe, et d'envoyer le gros son, « Latoya » et « Sucker MC's » à fond. J'avais beau n'avoir que dix ans, j'en rêvais moi aussi.

Alors que je subissais les affres de la préadolescence et que je me débattais avec ma nature profonde, Big Bill était fasciné par les lumières. C'était l'été 1986. La rivalité entre KRS-One et les rappeurs de Queensbridge battait son plein. Debout dans ma chambre, je levais les mains au ciel, déclamant les paroles de Todd Smith alias LL Cool J :

Walking down the street, to the hardcore beat
While my JVC vibrates the concrete[1].

Bill et mon frère John passèrent les vacances à débarrasser les tables dans un snack. Bill convoitait une lourde chaîne qui pendrait à son cou comme le péché. Mais son pécule était modeste et il n'avait pas la patience d'épargner pendant des mois. Un jour, il revint du centre commercial avec deux petits sachets en plastique de la taille d'un poing de femme, au contenu aussi éclatant que son sourire. Il s'agissait de deux bagues énormes, l'une ornée d'un milan doré, l'autre couvrant deux doigts et représentant le symbole du dollar.

Il me les montra et je fus frappé de voir à quel point le métal brillant le faisait enfler. Il se rengorgeait, baignant dans sa gloire, lorsque notre père s'approcha de lui.

1. Quand je marche dans la rue au beat du hardcore/Mon JVC fait vibrer le trottoir.

Papa : Fils. Elles sont fausses. On t'a roulé.

Bill : Tu rigoles. C'est du quatorze carats. J'ai payé cash.

Papa : Fils, fils. On n'a qu'à les faire fondre et les expertiser. Si elles font dix carats ou plus, je te rembourse les bagues, avec les intérêts.

Bill avait le vertige, le rêve soudain accessible : il se voyait déjà parader à Mondawmin, exhibant une chaîne à chevrons sur son maillot BVD noir, les filles les plus chaudes à sa botte, les soldats à genoux ou au garde-à-vous. Dans l'ordre des beaux gosses, Bill porterait la soutane écarlate. Il accepta donc la proposition, sûr de gagner. Nous étions jeunes, ivres de nous-mêmes, et nous ne pouvions pas savoir que, toutes les voies qui nous paraissaient originales, notre père les avait empruntées avant nous. Il trouva un endroit pour fondre l'or et l'analyser. J'ignore ce qui fut pire : le résultat négatif ou son rire navré et son sermon. Ensuite, ils se rendirent au centre commercial ensemble et mon père demanda à Bill de lui désigner les marchands. Il s'approcha du comptoir de verre, brandit les tests et prononça les mots magiques : « fraude », « communauté noire » et « procureur ». Après cet épisode, l'or n'eut plus jamais le même éclat aux yeux de Bill.

Mon père était un « Homme Conscient* ». Il mesurait un bon mètre quatre-vingt, il était séduisant, le plus souvent sérieux, rarement furieux. La semaine, il partait à six heures du matin et roulait une heure jusqu'à la Mecque – l'université Howard –, où il veillait sur les livres et ordonnait l'histoire, au sein de l'illustre centre de recherche Moorland-Spingarn. Il se vêtait sobrement – pantalon marron, chemise paille, Clarks beige – et se coupait les cheveux lui-même.

Mais, le soir venu, il grillait du tofu au barbecue, cuisait du basmati à la vapeur et ruminait des pensées séditieuses. Il sortait sa chemise de son pantalon et descendait à la cave, où il épluchait des piles de mystérieux documents poussiéreux. Il récupérait des textes épuisés, des conférences obscures et des monographies autoéditées par des auteurs appelés J. A. Rogers, Dr Ben ou Drusilla Dunjee Houston, de grands prophètes qui avaient rendu l'Égypte à l'Afrique et racontaient notre histoire, quand le monde entier prétendait que nous n'en avions pas. C'étaient des mots que les autres ne voulaient pas que l'on voie : archives perdues, collections secrètes, pochettes jaunies par l'eau et les ans. Mais notre père avait entrepris de les sauver de l'oubli.

Du jour où nous avions accosté sur ces rives volées, expliquait-il à qui voulait l'entendre, ils avaient empoisonné notre esprit, brandissant leurs phrénologues et leurs darwinistes attardés, forgeant une Connaissance tronquée pour nous maintenir tout en bas de l'échelle. Cependant, contre cette démonologie, certains se battaient. L'université les méprisait. Des professeurs corrompus ridiculisaient leurs noms. Alors, ils se publiaient eux-mêmes et bradaient leur Connaissance sur les marchés, dans les églises et les ventes de charité.

Mais ils ne pouvaient pas lutter. Leurs ouvrages épuisés disparaissaient des rayons, tandis que les frères qu'ils s'efforçaient de sauver engraissaient, gavés d'intégration et d'amnésie.

Mon père retrouvait ces autodidactes, ou leurs proches lorsqu'ils étaient morts. Et il leur exposait son projet en buvant du thé dans leur salon : rendre à ces génies oubliés la chaire qui leur revenait dans son université sans murs, à l'aide d'un atelier d'imprimerie de fortune, bricolé avec une agrafeuse piqûre à cheval, une presse à platine et un ordinateur Commodore 64. Jamais la réédition n'avait été aussi radicale. Il avait baptisé sa maison d'édition en sous-sol Black Classic Press et, chez les Coates, personne n'y échappait. Tout était subordonné à ce rêve fou de résurrection de masse.

La bicoque croulait sous la Connaissance ; les pièces étaient remplies de livres aux titres prophétiques, évoquant l'action militante et la gloire recouvrée. *Wonderful Ethiopians* (*Merveilleux Éthiopiens*) et *Black Egypt and Her Negro Pharaoh* (*L'Égypte noire et son pharaon nègre*). Mon père avait des amis qui lui ressemblaient ; ils formaient des collectifs et organisaient des fêtes en l'honneur de Malcolm X*, de Marcus Garvey* et de la lutte armée. Des frères et des sœurs ressuscitaient des rythmes ancestraux et dansaient ; les poètes révélaient des mots âpres. La Conscience venait se loger jusque dans la nourriture : pain complet et burgers végétariens, biscuits sucrés uniquement avec des fruits. Derrière sa table couverte d'un tissu africain sur lequel s'étalait sa formidable collection de livres ressuscités, mon père observait.

Ce trésor attirait les rescapés, ceux qui avaient survécu à Hoover et à COINTELPRO*. Ils s'approchaient du stand avec de telles attentes qu'ils ne faisaient même pas l'effort de parler en anglais, préférant le swahili, l'arabe ou le twi. Toute la semaine, ils balayaient les rues, travaillaient à la crèche, conduisaient des bus, enseignaient le piano, conseillaient les lycéens. On les reconnaissait à leurs dreadlocks, leur stoïcisme, leur parfum de santal et de réglisse.

Lorsqu'ils me voyaient m'affairer autour des livres avec ma mère ou Big Bill, ils se sentaient obligés de m'éduquer, car le mouvement des droits civiques – le Mouvement, comme on disait – était toute leur vie. Ils commençaient par l'importance de Nkrumah* ou nous reprochaient de ne pas avoir d'ouvrage de John Henrik Clarke*. Ils s'interrompaient pour les libations*, trinquaient à Bunchy Carter*, Nat Turner* et tante Grace. Alors, pacifiés par les ancêtres, ils souriaient. J'étais un des fils Coates, même s'ils ne savaient pas lequel. J'étais jeune : que m'importaient les raisons de l'échec de Denmark Vesey*, le rôle des Belges dans la mort de Lumumba ou le retour du roi esclave Sakoura* ?

Pendant ce temps, habillés en Starter ou en Diadora, les lascars chaussaient leurs Lotto et sortaient. Ils chaloupaient jusqu'au croisement et se remettaient virilement les couilles en place. Big Bill était du nombre. Vêtu d'une doudoune en cuir marron, il paradait à Mondawmin, à la tête d'un gang de seconde zone. Quand ils s'ennuyaient, ils foutaient le bordel, piquaient des tickets de bus et distribuaient des gnons au hasard. Ils ne donnaient pas de raison. Ne publiaient pas de manifeste. C'était comme ça qu'ils s'éclataient. C'était leur rituel.

Ils passaient l'été à courir les filles. Les meufs paradaient en jean délavé, de larges mains rouges peintes à la bombe sur les fesses. Elles arboraient leur nom en lettres d'or, sur de triples créoles aspect bambou, et quand un garçon les appelait – Hé ! comment t'es bonne, toi, viens ici –, elles ne prenaient même pas la peine de se retourner pour lui adresser un doigt d'honneur. Rien ne leur arrachait un sourire. Elles ne s'intéressaient qu'à leurs cheveux, et quels cheveux ! Enduits de gel, cramés au fer, tordus en chignon, crantés ou allongés grâce à des extensions pour former une queue-de-cheval haute, teinte et pailletée : c'était un véritable festival. Elles étaient de leur temps. Elles n'avaient qu'à regarder autour d'elles pour se rendre compte qu'elles étaient ce que West Baltimore avait de mieux. Alors, elles marchaient comme si elles étaient le centre du monde, comme si on les attendait ailleurs.

Il fallait être dur, à cette époque. On ne pouvait pas se pavaner dans les rues de Park Heights en se prenant pour la réincarnation de Peanut King*. Même quand on allait à la patinoire, il était préférable d'être au moins six. La chaude-pisse était un must à Lexington Terrace. Les grossesses adolescentes faisaient rage. Les maris étaient aux abonnés absents. Les pères des fantômes.

Voici la généalogie des Coates : mon père a eu sept enfants de quatre femmes différentes. Certains d'entre nous ont pour mère des amies intimes. Certains d'entre nous sont nés la même année. Mes aînés, d'abord, par ordre chronologique : Kelly, Kris et William Jr, tous issus du premier mariage de mon père à Linda.

John, fils de Patsy, et Malik, fils de Sola.

Enfin, moi et Menelik, fils de Cheryl. Vu comme ça, c'est le bordel, mais pour moi c'est de l'amour.

C'est ce qui a formé et forme encore ma définition de la famille.

Big Bill et John sont nés tous les deux en 1971. Mon père était marié et avait déjà deux filles. C'était un vétéran du Vietnam et, pour Linda, il devait représenter l'exemple même du brave gars sur qui on pouvait compter. À cela près qu'il vira radical et rejoignit les rangs d'une jeunesse exaspérée par la non-violence intransigeante de ses aînés et les cahots du changement. Il devint membre du Black Panther Party* et se retrouva à la tête de la section locale. Il perdit son emploi syndiqué. Il faisait des heures sup pour la révolution imminente. Pour finir, sa famille dut se tourner vers l'aide sociale.

Mon père manqua la naissance de Kris et de Kell, et il était également absent lorsque Linda accoucha de Bill. Il semblait qu'il y avait toujours quelque chose : un téléphone décroché ou un Black Panther qui n'avait pas transmis le message. Ce jour-là, mon père traversa la ville au volant de la Mustang 1966 de Linda pour se rendre à l'hôpital. Il avait une certaine aura spirituelle. À vingt-cinq ans, il était au faîte de sa vigueur et n'avait pas fait vœu de chasteté. Il habitait avec Linda et les enfants en haut d'une rue tortueuse de Cherry Hill, à South Baltimore. Mais il ne portait pas d'alliance, estimait que le mariage se vivait au jour le jour et semblait bien parti pour accomplir la destinée des jeunes hommes en général et celle de son père en particulier.

Les Black Panthers apportèrent à sa quête virile une dimension politique. Ils vivaient en communauté, partageaient leurs chaussettes et leurs lits. Ils étaient des camarades, des frères d'armes qui avaient pour objectif le grand démantèlement, l'effondrement de la famille, la destruction d'une économie basée sur le profit et l'appât du gain. L'exclusivité n'avait pas sa place dans ce nouveau monde. Mon père s'en accommoda si bien que, bientôt, dès qu'une femme lui adressait un sourire, il semblait qu'elle pouvait commencer à compter ses jours de retard.

Aux yeux de Linda, les Black Panthers avaient transformé un vétéran digne et travailleur en un de ces assistés qui justifiaient l'existence des bons alimentaires et des logements sociaux. Mon père débarqua à l'hôpital le soir de la naissance de Bill. À la vue de la jeune accouchée rayonnante, un désir soudain de confession le prit. Il n'avait pas prévu de discours, rien pour faire passer la pilule, et il lui balança la vérité sans ménagement : Linda, je vais avoir un autre enfant. Il n'y a pas de bon moment pour annoncer ce genre de nouvelle, mais certains sont plus mauvais que d'autres. Il avait choisi le pire.

Même jeune, il voyait plus loin que la plupart des gens, cependant, en ce qui concernait les subtilités de la psychologie humaine, il était capable d'un aveuglement ahurissant. Aussi réitéra-t-il cette lamentable prouesse quelques mois plus tard. En octobre, il rendit visite à Patsy après la naissance de John. Une fois encore, il se présentait devant une femme en couches, la mère de son fils. Et une fois encore, il choisit ce moment pour lui avouer la vérité, mais avec une variante intéressante : il allait avoir un autre enfant avec la meilleure amie de Patsy, également membre des Black Panthers.

Mon père avait le don de blesser les gens sans s'en rendre compte. Et c'était peut-être ce qui le sauvait. C'était un séducteur impénitent. Il était toujours fauché. Cependant, il ne se dérobait jamais au moment de payer l'addition. Il se débrouillait pour acheter des chaussures neuves à ses enfants alors que les siennes étaient éculées. Parmi les Conscients, il n'était pas seulement connu pour les livres qu'il exhumait et ramenait à la vie. Il était également célèbre pour la présence constante de sa progéniture, même si la composition de celle-ci variait en fonction des semaines. Ce n'est pas mettre la barre très haut, je l'admets. Mais, en ces temps d'indignité chronique, nous étions tombés si bas que les pères se vantaient d'abandonner leurs gosses.

On le trouvait souvent à la table de la cuisine, secouant la tête à la lecture du journal du dimanche, ou fulminant devant les informations dans le salon. Il avait cinq garçons et deux filles à charge, et le jour de sa mort ses derniers mots seraient pour eux. Il était voué à la paternité comme un pasteur dépravé à la prêtrise. Le mal venait de son propre père, un alcoolique si généreux de sa semence qu'on avait perdu le compte de ses enfants. Il avait engrossé trois sœurs. Les tantes de mon père étaient donc également ses belles-mères.

Mon grand-père était un intellectuel qui forçait son fils à réciter des passages de la Bible et commentait le journal. Mais la bile et le mauvais vin lui avaient gâté le caractère. Il s'emportait pour un rien. Dans ces moments-là, le jeune Paul, alors âgé de cinq ans, pouvait faire un vol plané à travers le salon. À neuf ans, un jour à son retour de l'école, il trouva toutes leurs affaires sur le trottoir. Il passa les semaines suivantes à camper dans un pick-up avec son père, deux de ses frères et sa tante Pearl. Quelque temps plus tard, son père les déposa chez leur mère, lui et son frère David, avant de disparaître.

À son tour, mon père avait créé son propre imbroglio de femmes et d'enfants, avec quatorze ans d'intervalle entre son premier et son dernier-né. Il avait une passion pour ses fils, sans doute en partie à cause des enjeux et des risques. Il nous inspirait un sentiment étrange, à mi-chemin entre la haine et une totale révérence. Aucun de nos amis n'avait de père et en cela il était un don du ciel, mais il était difficile de lui en être reconnaissant. C'était un dictateur impitoyable qui nous assignait des lectures et avait banni la religion. Un jour, surprenant Big Bill en train de prier avant le repas, il lui ordonna de cesser sur-le-champ :

— Si tu veux prier, prie-moi. C'est moi qui mets à manger sur cette table.

Une autre fois, en plein dîner, Bill déclara qu'il avait hâte d'être assez grand pour quitter le domicile familial et vivre selon ses propres règles. Notre père planta son regard dans le sien :

— Personne ne te retient. Tu peux partir dès maintenant.

Nous étions conscients de ses faiblesses, pourtant il avait à nos yeux l'aura d'un prophète. Sur la ligne du temps de nos vies, il avait entouré les années allant de douze à dix-huit ans. C'était le gouffre qui engloutissait les jeunes Noirs livrés à eux-mêmes, pour les recracher quelques années plus tard, dealers à l'angle d'une rue ou derrière les barreaux.

Mon père avait déclaré la guerre au destin. Il élevait des soldats tout terrain. Il prêchait la lucidité, la discipline et la confiance en soi. Les taloches pleuvaient quand on tentait d'esquiver une corvée, si on se servait de beignets de maïs sans demander ou si on renversait la carafe de jus de fruit. Il était imprévisible : on pouvait s'en tirer avec un sermon sur Booker T. Washington* ou sur une femme qu'il avait laissée au Vietnam. Ou alors il faisait danser sa ceinture de cuir noir.

Un jour que Bill et moi nous bagarrions sur le lit conjugal, des planches du cadre se rompirent. Il fallut bricoler une réparation de fortune. Mes parents devaient rentrer tard. Si papa te demande ce qui s'est passé, m'ordonna Bill, réponds que tu n'en sais rien.

Mon père me réveilla en premier :

— Qu'est-ce qui est arrivé au lit ?

J'ouvris de grands yeux.

— Je sais pas…

Il secoua Bill.

— Qu'est-ce qui est arrivé au lit ?

— On l'a cassé en se bagarrant.

Je le fusillai du regard, mais intérieurement.

— Tu n'avais pas besoin d'aggraver ton cas en mentant.

Il nous fit descendre au rez-de-chaussée et nous conduisit à l'arrière de la maison :

— Tous les deux, sortez. Dans le jardin. Vous voulez vous battre ? Sortez et battez-vous.

Puis il referma la porte. Au bout de quelques instants, Bill m'empoigna et me jeta au sol. Nous roulions docilement dans la poussière depuis un moment, lorsque nous prîmes conscience que notre père ne nous regardait sans doute même pas.

Maman vint nous chercher un peu plus tard et nous renvoya au lit. Il était retourné se coucher.

Mon père m'effrayait, cependant, la peur ne pouvait modifier ma nature profonde. Je rapportais à la maison des bulletins médiocres : *Du potentiel, mais ne travaille pas assez. Peut mieux faire. Attention à la discipline*. Ma mère se rendait à l'école et rentrait avec la migraine. Une migraine contagieuse. Ses yeux devenaient tout blancs ; elle plantait ses ongles dans mon bras :

— Je ne veux pas élever des bons à rien. Qu'est-ce que tu as dans la tête ? À quoi est-ce que tu penses, mon fils ?

Je pense aux gaufres du dimanche et à Morning Star[1]. Je pleure Lynn Minmei[2], les apatosaures, Tom Landry[3] et le bleu des Dallas Cowboys. Je regarde trois bureaux plus loin et je rêve de Brenda Neil, dansant en robe rose et blanc.

Mon père me voyait arriver telle une grande cause perdue et tapait trois fois dans ses mains :

— Réveille-toi, mon garçon. Marche comme si tu avais un but. Marche comme si tu allais quelque part.

Mes parents m'offrirent la possibilité d'altérer le cours de cette histoire. En CM1, je passai l'examen d'admission dans diverses écoles privées. Je visitai les établissements, constatai que la cantine

---

1. Chef d'un culte sataniste dans les *comics* Marvel.
2. Personnage de la série d'animation japonaise *Robotech*.
3. Joueur de football américain, puis entraîneur des Dallas Cowboys, renvoyé en 1988.

y était meilleure qu'ailleurs, puis passai les tests requis. J'estimais être au-dessus des QCM et des cases à noircir. Je choisis donc les réponses au hasard et ouvris de grands yeux étonnés quand, quelques mois plus tard, j'appris que j'avais été refusé partout.

Deux ans après, mon père adopta des mesures plus radicales. Le collège William H. Lemmel se dressait sur une colline, au sommet de Dukeland Street. Les rumeurs les plus folles couraient à son sujet : il était question d'adjoints du principal battus dans les champs autour de l'établissement, d'atrocités perpétrées dans la file d'attente à la cantine, d'élèves rentrant à la maison en chaussettes. Pourtant, à Lemmel, les profs menaient la même bataille que mon père. Ils auraient pu trouver ailleurs de meilleurs postes et de meilleurs salaires. Mais, au moment où les espoirs suscités par le mouvement des droits civiques s'effondraient, Lemmel avait relevé le gant. On avait regroupé les classes, créant des équipes nommées d'après les saints : Frederick Douglass*, Harriet Tubman*, Carter Woodson*, Martin Luther King. On commanda des uniformes, créa des classes d'excellence pour les génies du ghetto, clamant haut et fort la devise du collège : « Le collège Lemmel, le collège des battants. » Mon père redoubla d'efforts. Plus que jamais il se sentait investi de la mission de m'inculquer l'histoire et la lutte. Mais lorsque Big Bill en eut vent, il prononça les seuls mots qui comptaient : à Lemmel, ça rigole pas.

Bill était un résident permanent de Tioga depuis qu'il était tombé en disgrâce auprès de sa mère. Le temps filait. Il entrait déjà en seconde. Il était grand et suave, aussi grand et suave que Big

Daddy Kane quand il samplait « All Night Long ». Emballer ne lui demandait pas plus d'effort qu'un long bâillement et, comme beaucoup, il croyait pouvoir vivre de ses talents de basketteur.

C'était l'été où mon frère avait découvert que tout ce qui brillait n'était pas or. Bill et John avaient dépassé les bornes, cette fois. Ils travaillaient tous les deux dans un snack du quartier. Un samedi, après le boulot, ils avaient fait une virée dans une voiture volée avec notre cousin Gary. Ce soir-là, la police du comté de Baltimore appela mon père afin de l'informer qu'elle détenait ses deux fils. Il alla les chercher et, après les avoir ramenés au bercail, leur administra la raclée de leur vie. Le lendemain matin, il leur présentait une liste de travaux forcés, transformant la maison en bagne. Bill se vit donc assigner une chambre permanente qu'il partageait avec Menelik, âgé de quatre ans, et moi. Il tapissa les murs de posters signés par ses idoles, les basketteurs Dominique Wilkins et Sam Perkins.

Désormais, ma mère vérifiait nos devoirs tous les soirs. Mon père instaura un club de lecture obligatoire, sélectionnant des ouvrages qui nous paraissaient obscurs et sans intérêt. Bill exigea des vieux numéros de *Sports Illustrated*. Je ne suis même pas sûr que notre père prît la peine de lui répondre. En revanche, je me souviens bien de *Flight to Canada* et de ses tentatives pour nous initier à la verve satirique d'Ishmael Reed. Mais Bill avait son propre sens de l'humour :

— Elle est trop chelou sa coiffure, disait-il en désignant le portrait de Reed au dos du livre. Ce bouffon a une demi-afro.

Le samedi soir, enfin délivrés du joug paternel, nous nous asseyions sur la véranda avec la radio pour écouter la voix de New York. Frank Ski prenait le contrôle des platines, virait Whitney et tout ce rhythm and bouse efféminé, et bientôt Afrika Bambaataa[1] régnait sur la nuit. Bill glissait une cassette dans le second lecteur de son ghetto-blaster. Il avait tagué son nom au Tipp-Ex sur les haut-parleurs : MC Destiny. Parfois, Dante, qui habitait deux portes plus loin, laissait son père qui avait toujours un coup dans le nez pour venir chez nous. Un soir d'ivresse, le père de Dante avait tenté d'insérer sa clé dans notre serrure. Papa lui avait ouvert et lui avait poliment indiqué où se trouvait sa maison, avant de faire taire Bill qui gloussait derrière lui.

Dante et Bill se frappaient le poing en guise de salut – le *dap*, un rituel dont je n'étais pas encore digne – et s'asseyaient sur les marches de brique, hochant la tête au son de « The Show » de Doug E. Fresh, ou de « Paul Revere » des Beastie Boys. Dante kiffait notre grande sœur Kris et il soûlait Bill avec ça. Mais mon frère ne voulait rien entendre. Il riait et énumérait ses imperfections – des oreilles comme les îles Hawaii, des Adidas pourraves – et le vannait pendant une heure. Puis il lui flanquait un coup dans le bras et lui lançait : Casse-toi, bouffon. Ils se marraient, comme tous les lascars du quartier. Le monde les attendait au tournant, la gueule béante, et ils n'en avaient pas la moindre idée.

---

1. Nom de scène de Kevin Donovan, DJ américain du Bronx, à New York, qui fut l'un des fondateurs du mouvement hip-hop dès la fin des années 1970.

Notre père planchait sur ses livres au sous-sol. Il ne pouvait pas comprendre que, nous aussi, nous exhumions des trésors et assistions à des prodiges : Phil Collins mixé avec Biz Marquie, Ofra Haza et Rakim.

Quand mon père quitta les Black Panthers en 1972, on lui décerna le titre prestigieux d'Ennemi du peuple. C'était peu après sa rencontre avec ma mère. En ce temps-là, il chargeait sa voiture et se rendait à l'université Howard. Il installait une table et disposait ses ouvrages d'histoire parallèle et de folklore radical. Howard était alors la source de toute vérité concernant la Race. L'université avait prospéré à l'époque de la ségrégation, attirant un flux constant de cerveaux d'étudiants et de professeurs que leur couleur cantonnait à un nombre limité d'établissements. Plus qu'une école, c'était devenu une Mecque, et c'était sous ce nom que la connaissaient les opprimés. Puis, dans les années 1950 et 1960, on vit arriver des frères motivés par des instincts moins nobles, car il se racontait que jamais de mémoire d'homme on n'avait vu autant de beautés réunies en un seul lieu. Mais ils repartaient métamorphosés, habités par l'esprit des légendes de Howard, touchés par la grâce d'Eric Williams* et Edward Franklin Frazier*. Et ils se ruaient vers le Sud pour se faire matraquer par les shérifs et le Ku Klux Klan.

Après Malcolm et Martin, la Mecque s'était encore transformée. Mon père vendait ses livres à des conférences où l'on prédisait l'avènement d'un autre monde, fait de briques, de poésie et d'écoles indépendantes. Mais, plus que l'argot et les nouvelles attitudes, ce fut la leçon dispensée par un vieil homme qui le marqua. Cet homme occupait à Howard une honorable fonction subalterne, balayant les sols, ratissant les pelouses et sanctifiant les toilettes. Je ne sais rien de sa vie, si ce n'est qu'il avait trouvé la paix grâce à une clause dans les statuts de la Mecque, garantissant à tous les enfants de ses employés une scolarité gratuite. Pour mon père, ce fut une révélation. Voilà pourquoi, des années plus tard, il se ferait embaucher au centre de recherche Moorland-Spingarn. Avec sept enfants, il n'avait guère le choix. Mes sœurs Kris et Kelly étaient déjà inscrites à Howard. Restaient cinq garçons, deux d'entre eux assis devant la maison, hochant la tête au rythme de ce bruit neuf et merveilleux.

C'était la bande-son de notre époque. En elle, nous retrouvions tous nos désirs et nos peurs, qui étaient immenses. Big Bill subissait une pression énorme. Face à Murphy Homes, il s'était retrouvé seul et démuni, et il avait compris que souvent il ne pourrait compter que sur lui-même. On était en 1986, au début de l'ère du crack. Nous découvrions la mort : ma grand-mère, tante Joyce et Mme Verla, la grand-mère de Bill. Et puis le record : deux cent cinquante habitants de Baltimore assassinés. Cette année-là, mon pote Craig fut massacré alors qu'il rentrait chez lui. C'était le plus pauvre dans une classe où tous les élèves bénéficiaient de tickets-repas. Ses semelles bâillaient ; il portait la même chemise de flanelle rouge à carreaux plusieurs jours de suite. Il avait plusieurs frères et sœurs. Mais les trolls lui avaient tendu une embuscade et l'avaient éliminé.

J'ouvrais les yeux sur le monde, aveuglé par l'absence d'ombre, par la rapidité du passage d'enfant à homme-enfant. Big Bill était lucide, lui, comme toujours. Après l'épisode Murphy Homes, il fit jouer ses relations et trouva un marchand d'armes. Il planqua l'objet dans notre chambre, dans sa doudoune de cuir marron. Il me le montra simplement, sans en rajouter : son poids lui conférait une autorité suffisante et je savais qu'il était réel. De ce jour, mon frère Bill n'arpenta plus le bitume sans son flingue.

2

Even if it's jazz or the quiet storm

Même si c'est du jazz ou l'orage silencieux
« I Ain't No Joke », Eric B & Rakim, 1987

Lorsque le crack débarqua à Baltimore, la civilisation s'effondra. Mon père me racontait la vie avant. De son temps, les querelles étaient mineures et résultaient d'infractions accidentelles : on l'avait un peu trop ramené dans une rue étrangère, on avait dragué la petite sœur de quelqu'un. Bien sûr, il y avait des gangs qui ne vivaient que pour se battre et, les nuits de pleine lune, il arrivait qu'un tueur plonge la main dans son manteau pied-de-poule pour faire pleuvoir les balles. Cependant, il y avait des règles et, même coincé par une bande hostile, mon père savait qu'il pouvait lever les bras en criant « à la loyale » pour affronter leur champion en combat singulier. Une embrouille qui tournait mal, c'étaient quelques dents en moins et des points de suture, rarement les urgences traumatologiques, la réanimation et un cantique s'élevant sous le plafond de l'entreprise de pompes funèbres du quartier.

Du temps de mon père, nous formions une communauté unie, mais cernée par les loups affamés. Nous résistions parce que nous pouvions compter sur notre prochain. Puis, au fil du temps, nous nous étions oubliés et nous étions devenus cannibales. Nos frères n'étaient plus bons qu'à alimenter notre réputation. Le soir, quand *Action News* déroulait la liste des informations du jour, nous étions là, entre les enfants perdus, les chiens retrouvés et les banquiers obscènes, le corps recroquevillé par un calibre .22, sur fond de tache de sang triste.

Je n'en étais pas pleinement conscient alors, mais il n'y avait pas de quoi pavoiser. Pourtant, les grandes causes ne manquaient pas : Mandela, le Nicaragua, la lutte contre Reagan. Et nous nous entre-tuions pour des baskets cousues par des serfs, des blousons à la gloire d'équipes qui ne nous appartenaient pas, des casquettes arborant le nom d'États sudistes. Je sentais la chute, elle était partout. Le déferlement d'armes à feu bouleverserait l'ordre naturel. Des gamins qui avaient l'âge de regarder *Les Aventures de Teddy Ruxpin* tenaient entre leurs mains le pouvoir d'effacer une vie. Mais mon père avait juré de nous guider à bon port. Mes parents se liguèrent avec d'autres mères pour nous sauver. On nous envoyait dans des colonies de vacances scientifiques et on nous inscrivait à des cours de musique. On nous bombardait de livres volumineux.

Lorsque Bill entra en seconde, l'année après son face-à-face avec Murphy Homes, mon père l'inscrivit à Upward Bound, un programme éducatif destiné aux enfants issus de milieux défavorisés. Upward Bound était un vestige des mesures sociales établies par le président Johnson dans les années 1960, le reliquat d'une époque où les bureaucrates rêvaient de mettre à la disposition de tous l'eau, le gaz et les doctorats. Mais Bill était prisonnier d'une mentalité primitive. Il se voyait uniquement dans le rôle du sportif ou du rappeur, n'accordait aucune valeur à son intellect ni à ses capacités scolaires. Mon père s'évertuait à lui montrer ce qui se dissimulait sous ses poses de lascar, ce dont il ignorait même l'existence.

Le samedi matin, Upward Bound emmenait Bill et une petite troupe de jeunes des quartiers consolider leurs connaissances sur Pythagore, Fitzgerald et Newton au Baltimore City Community College. Ce n'était pas obligatoire : les lycéens étaient envoyés ici par leurs parents, pas par l'État, si bien qu'ils étaient un peu moins enclins à foutre la zone. Puis, en été, après plusieurs semaines de cours, ils eurent droit à la totale : la vie de campus à l'université Towson, où ils furent hébergés en résidence pendant huit jours.

Bill eut ainsi un avant-goût de la fac et, pour la première fois, l'idée que les études supérieures étaient peut-être à sa portée lui effleura l'esprit. Cependant, on ne peut pas dire que cette prise de conscience exerça sur lui une influence radicale. Mon frère avait la tête dure, à l'époque. Il pouvait se tromper sur toute la ligne, mais s'adresser à toi comme si tu n'avais jamais lacé une paire de Jordan de ta vie ni dribblé de la main gauche. Je me souviens d'une journée chez sa mère, à

Jamestown, et de combats de boxe acharnés sur sa console Atari. Il était censé me garder. Pourtant, alors qu'il savait que la loi de Tioga bannissait la consommation de bœuf, il parvint à me convaincre que notre père ne trouverait rien à redire à une malheureuse boîte de spaghettis aux boulettes.

Bill : T'inquiète. Quand papa viendra nous chercher, il y verra que du feu. Et même s'il s'en rend compte. Je lui expliquerai. Rien qu'une fois. Qu'est-ce que ça peut lui faire ?

Moi : O.K.

Il s'avéra que mon frère se trompait. Lorsque notre père arriva, il repéra tout de suite la boîte vide et les deux bols sales dans l'évier. Et bien entendu, il se fâcha. S'il ne sortit pas la ceinture, il nous fit clairement comprendre que nous avions enfreint la loi. Assis sur le canapé de Linda, j'absorbai l'assaut verbal, pestant intérieurement contre le manque de jugement de mon je-sais-tout de frangin. Mais lui demeurait impassible à côté de moi. Comme d'habitude, la leçon lui passait au-dessus de la tête.

Il avait l'oreille sélective et se fiait avant tout à sa boussole intérieure, qu'il pensait réglée sur le monde tel qu'il était censé fonctionner. Il fonçait tête baissée, ne connaissait que la ligne droite. Je trouvais cette attitude éprouvante, et je n'étais pas le seul. Néanmoins, elle attirait le respect. La réflexion n'était pas son fort, mais cela le rendait intrépide. Il était toujours prêt à se jeter dans la mêlée pour aider un copain, même s'il attendait plusieurs jours avant de se renseigner sur le motif de l'embrouille. Bill était loyal, et il se faisait des alliés partout où il posait sa casquette de lascar de Baltimore.

À la résidence universitaire de Towson, il étendit son influence. Il s'aventurait désormais au nord de Liberty Heights Avenue, jusqu'au croisement de Wabash et Sequoia, à près de deux kilomètres du Mondawmin Mall. Il n'avait pas abandonné Tioga, mais un prétendant au trône avait besoin de vassaux sur tout le territoire. Son armée était tout ce qu'il possédait, et la vitesse à laquelle elle apparaissait en cas de coup dur suffisait à faire ou défaire une réputation. Comme nous, les nouveaux amis de Bill – Marlon, Joey, Rock – étaient coincés dans le no man's land entre les cités sordides et les banlieues résidentielles. Ce n'était pas la misère. Leurs mères se donnaient du mal. Mais ils devaient se plier aux mœurs du temps. L'activité la plus banale – aller à l'école à pied, faire un tour en vélo dans le quartier, une course au supermarché – pouvait dégénérer. Et, le cas échéant, on ne pouvait compter que sur soi-même, ses alliés, et le flingue que certains glissaient sous la boucle de leur ceinture.

Depuis l'humiliation infligée par Murphy Homes, Bill s'était juré que plus jamais on ne le prendrait par surprise. La réputation, c'était un traitement préventif. Si on avait la chance de venir d'une cité craignos qui inspirait la terreur, on pouvait aller partout. On en rêvait tous, y compris une âme tendre comme moi : être en terrain conquis dans n'importe quelle rue, en vertu de son pedigree.

Voilà pourquoi, même si on habitait Wabash Avenue, une voie bordée de modestes pelouses et de maisons de briques sans l'ombre d'un logement social, on escomptait la bagarre, quand on ne la provoquait pas. Une remarque anodine ou un geste malheureux pouvait déclencher la guerre, et il fallait être constamment sur ses gardes. Ce n'était jamais que de vulgaires embrouilles : Baltimore était une ville trop primitive pour avoir de véritables gangs. Tout reposait sur des frontières naturelles ou tracées par l'homme. Le duché de Wabash et Sequoia était délimité par les rails. Au nord s'étendait Tawanda Avenue, un monde parallèle qui voyait Wabash comme Wabash le voyait. Il fallait être malade pour franchir cette voie ferrée. Tout ce dont on avait besoin – sandwichs au steak, liquide-vaisselle, filles –, on pouvait le trouver de son côté.

Ce soir-là, Big Bill, Joey et Marlon étaient postés à l'angle de la rue, comme tous les lascars des quartiers. Il y avait l'ivresse naturelle de la jeunesse, bien sûr, cette sensation neuve d'être libéré de ses chaînes, mais à cela s'ajoutait le sentiment excitant que « ça » pouvait arriver. Dans ces moments-là – et, à cette époque, c'était à chaque instant –, on était constamment en mode alerte rouge. Les potes de Bill étaient hypertendus : le rire mesuré, les sourires crispés et pas de regard trop appuyé.

Et « ça » arriva. Quelqu'un, on ne se rappelle jamais qui dans ce genre de situation, cria :

— Yo, ils traversent la voie, ils rappliquent.

Il n'y avait pas à tergiverser. Bill plongea la main dans sa ceinture et, comme ses amis, tira dans la direction appropriée.

Il aurait pu faire les gros titres, un de ces imbéciles dont une balle perdue transperce une poussette. L'adrénaline les aveuglait ; aucun d'eux ne distinguait de cible précise. Mais, à la lueur jaune des réverbères, ils virent des fantômes tomber devant eux. Quelqu'un cria : « Les keufs ! » et ce fut la cavalcade dans les rues soudain silencieuses. Arrivés chez Marlon, ils gravirent les marches de la véranda puis descendirent au sous-sol. Ils prirent à peine le temps de souffler et de se poser que déjà ils hurlaient et se tapaient dans les mains, se frappaient la poitrine : « Yo, j'en ai touché un. Ouais, putain, j'en ai dézingué au moins deux. » Lorsqu'on me la raconta, l'histoire semblait tirée d'un dessin animé de Tex Avery ou d'un Far West burlesque : beaucoup de coups de feu, ni sang ni blessure. Mais ce n'était pas la question.

Bill entendait les mises en garde, seulement, ce n'était pas notre père qui allait affronter la rue à sa place. Nous étions coupés en deux : un pied en Amérique, l'autre dans un pays en guerre. On nous demandait de nous comporter en individus civilisés, alors que le monde autour de nous était au bord du carnage. Bill avait perdu toute mesure. Être armé signifiait prendre les commandes de nos existences à la dérive. Un flingue, c'était une machine à explorer le temps et une ancre : c'était lui qui dictait les événements. Être armé, c'était être son propre maître, devenir autre chose qu'un homme dont la vie et la mort pouvaient simplement être saisies et jetées au hasard.

Bill tirait sa logique de la Grande Connaissance, qui recensait l'ensemble de nos expériences depuis le jour où le rocher de Plymouth nous avait atterri dessus[1]. Chaque génération ajoutait son tome à cette somme. Le nôtre témoignait des cités détruites : le West Side à Baltimore et Harlem à New York, le Fifth Ward à Houston. L'Homme de la Connaissance savait que nous portions tous la mort en nous et qu'elle cherchait à sortir par tous les moyens. Il ne mesurait donc pas sa vie au nombre de ses années, mais à son style : comment il marchait et avec qui, comment il abordait les filles, où il s'affichait et où on ne le voyait pas. Cet homme transformait sa vie en art et se vouait à la vérité essentielle : quoi que prétende la civilisation, le savoir intellectuel était surestimé, car au bout du compte nous étions tous des animaux. Lorsque je croisais l'un des vrais disciples de la Connaissance, des hommes presque, comme mon frère Bill, je me rendais compte que j'avais raté quelque chose de primordial.

Nous étions pourtant initiés dès notre plus jeune âge, même si nous n'en étions pas toujours conscients. La Connaissance était dispensée par

---

1. Allusion à un discours de Malcolm X prononcé à l'Audubon Ballroom, à New York, en 1964. Symbole fondateur dans l'histoire des États-Unis, le rocher de Plymouth est l'endroit où auraient débarqué les Pères pèlerins du *Mayflower* en 1620. Détournant l'image, Malcolm X déclare : « Nous ne sommes pas américains. Nous sommes un peuple anciennement africain, qui a été enlevé et amené en Amérique. Nos ancêtres n'étaient pas les pèlerins. Nous n'avons pas atterri au rocher de Plymouth. Le rocher de Plymouth nous a atterri dessus. »

des professeurs dressés sur des estrades invisibles à tous les coins de rue. Leur visage obscurci par la visière de leur Kangol n'était que fumée. Ils commentaient des textes sacrés intitulés : *ABC de la rue*, *Précis de Style*, *Coiffures élémentaires*. Leurs mains gantées de cuir feuilletaient des chapitres appelés : « Le *dap* : l'art subtil et méconnu d'une salutation rituelle. » Il y avait la géométrie appliquée à l'inclinaison de la casquette de base-ball, la théorie évolutive des blagues auxquelles on pouvait rire et du nombre de décibels autorisé, des ouvrages entiers dédiés au dribble avec changement de main. Bill absorbait la Connaissance à chaque respiration, puis sortait en tenue de diplômé, manteau et casquette en mouton retourné. Je séchais les cours, dormais en classe et me retrouvais dans la rue, toujours aussi gauche, toujours à côté de la plaque.

Le jour de la rentrée à Lemmel, j'étais l'ignorance personnifiée. Pour commencer, je me rendis au collège seul, ce qui était une grave infraction à l'ordre naturel des choses. J'en eus le pressentiment à peine sorti de la maison, alors que je me tenais sur la véranda, mon sac à dos en toile à l'épaule. Des petites grappes d'élèves descendaient la verte colline qui se trouvait au bout du parking du Mondawmin Mall. Tous allaient à l'école ainsi, par groupe de trois ou plus. On sentait entre eux une tendresse fruste, née de la résistance à une menace commune. Ils surveillaient constamment leurs arrières. Ils jetaient autour d'eux des regards à vous glacer le sang. Ils se frappaient le poing pour dire je suis là, je suis avec toi. Toutes les casquettes Starter inclinées à l'angle requis.

Ils semblaient avancer au rythme d'une même chanson intérieure. Une chanson que je n'avais jamais entendue. Je serrai la sangle de mon sac un peu plus fort et me mis en route.

Plus tard, je comprendrai que ce *beat* subliminal était la Connaissance, que c'était grâce à lui qu'on était toujours prêt, jamais pris au dépourvu si les coups ou les balles se mettaient à pleuvoir. À l'époque je n'avais pas tous les éléments, pas de rempart contre la peur. Je sentais tout cela confusément, mais j'étais incapable de le formuler.

Je faisais peu de cas des grandes injustices, malgré les efforts de ma mère qui me montrait des gravures de navires négriers et des livres pour enfants relatant la révolution haïtienne de Jean-Jacques Dessalines et Toussaint Louverture. Pourtant, j'étais sensible aux injustices les plus mineures dès qu'elles m'affectaient personnellement. Je savais que personne n'aurait dû avoir peur sur le chemin de l'école.

Le jour de la rentrée, je descendis donc la côte seul, à présent conscient de mon erreur. Cependant, j'atteignis les portes de Lemmel sans dommage. Je gravis la longue volée de marches de béton et attendis la sonnerie dans un coin, les yeux rivés au sol, m'efforçant de disparaître.

Lemmel était un fatras de chiffres et de bureaucratie. Le collège assurait des cours de la sixième à la quatrième[1], et les seize classes de

1. Aux États-Unis, la répartition des classes entre école primaire (*elementary school*), collège (*junior high* ou *middle school*) et lycée (*high school*) n'est pas exactement la même qu'en France et varie selon les établissements. Ainsi, une école primaire peut dispenser des cours jusqu'au niveau du CM2 (*5th grade*) ou de la sixième (*6th grade*), un collège donner

cinquième se répartissaient en quatre niveaux allant des classes spécialisées aux classes d'excellence. À chaque niveau, on avait attribué le nom d'une personnalité : Harriet Tubman, Booker T. Washington, Carter G. Woodson. J'étais en cinquième 16. Nous étions l'une des six classes de l'équipe Thurgood Marshall* censée regrouper les élèves les plus doués. J'ignore si nous étions réellement doués – je pense surtout que nous avions des parents très impliqués, des mères qui travaillaient pour la ville et avaient obtenu leur diplôme à Coppin State, l'université publique initialement réservée à la population afro-américaine. Ils étaient allés assez loin pour voir ce qui était possible et ce à quoi ils n'avaient pas eu accès. Ce sont les parents que les intellectuels omettent dans leurs traités sur la pathologie noire. Mais je les ai vus à l'œuvre à Lemmel, tout comme les professeurs, constamment à l'affût des élèves qui avaient deux secondes d'avance sur les autres, et qui n'étaient peut-être pas voués au deal et à la prison. Ils accrochaient leur propagande aux chevrons des couloirs : *C'est par choix, pas par hasard... que nous choisissons d'avancer, l'équipe Marshall ; Nous pouvons réussir... Nous réussirons*.

Les nombreux problèmes de la ville ne franchissaient pas le seuil de Lemmel. Les enfants venaient de grands ensembles, de familles d'accueil, de maisons sans électricité. Les parents buvaient et dansaient à l'Odell's toute la nuit,

---

des cours jusqu'en quatrième (*8th grade*) ou en troisième (*9th grade*), et un lycée de la troisième ou de la seconde jusqu'à la terminale (*12th grade*).

laissant leurs gosses courir les rues. Lemmel était à part, parce qu'il se trouvait dans l'œil du cyclone de West Baltimore. Les gardiens du savoir croyaient au vocabulaire de l'exhortation et du développement personnel. Leurs expressions favorites étaient truffées de mots tels que « confiance », « volonté » ou « réussite ». S'ils considéraient Lemmel comme une caserne, ils se voyaient eux-mêmes en missionnaires dont la vocation était de nous convertir à la civilisation. Mon professeur principal, Mme Nichols, était une militante qui avait troqué son prénom officiel, Eleanor, contre un nom de femme libre : Sadiquah. Ses dreadlocks lui tombaient dans le dos. Sa peau était sombre et lisse. Elle ressemblait aux femmes à qui nous vendions des livres avec mon père, celles qui feuilletaient les ouvrages exposés sur la table avec la conviction que quelque chose dans ces pages pourrait combler les lacunes de l'histoire. Je n'étais pas dans sa classe depuis plus de vingt minutes lorsqu'elle se mit à jurer comme un charretier. Les grossièretés se déversaient de sa bouche avec naturel : « Quelle connerie, c'est vraiment de la merde. » Je gloussais comme les autres, mais pas trop fort, car elle portait le sceau des matrones noires. Ses yeux avaient le tranchant du rasoir ; elle transperçait les garçons qui prenaient la parole à tort et à travers. On voyait qu'elle venait d'un quartier dur, comme Walbrook Junction, qu'elle s'était hissée au-dessus de la rue, mais que la rue lui collait à la peau. C'était une philosophe. Elle utilisait le vaste champ des sciences sociales pour disserter sur la sexualité, les végétariens, Reagan, l'apartheid, Akhenaton et les origines de Dieu.

Mon père ne demandait rien d'autre : que le long combat nous éveille et que nous soyons présents, en pleine possession de nos moyens, en classe comme à la maison. Le combat imprégnait toutes ses relations avec moi. Il ne ratait pas une occasion de gâcher mes week-ends pour m'instruire, en fonction de sa marotte du moment.

Papa : Ta-Nehisi, éteins les dessins animés. Tu viens avec moi.

Moi : Encore une heure, s'il te plaît.

Papa : (*Faisant sa tête je-ne-plaisante-pas.*) Ta-Nehisi.

Moi : (*Éteignant la télévision*) O.K. Je prends mon blouson.

Et nous voilà partis dans la camionnette marron, la radio publique en fond sonore, mon père me racontant pour la énième fois la chute de notre peuple. Il roulait le long de North Avenue et passait en revue les snacks, les magasins de perruques, les commerces de spiritueux, soulignant qu'aucun n'appartenait à un Noir. Nous faisions halte à l'imprimerie de frère Kinya et mon père s'asseyait pour discuter d'un frère/de la nation/de la question noire.

À notre retour à la maison, je montais et m'écroulais sur mon lit. Mais mon père ne savait pas s'arrêter. Il m'appelait au sous-sol et m'assignait une autre lecture, un autre ouvrage retraçant notre histoire, de la vallée du Nil au baroud d'honneur des Zoulous. Lorsque je tournais les pages, je sentais bien qu'il y avait autre chose derrière ces phrases, comme un feu couvert qui se propageait à travers la pièce. Pourtant, quand mon père réclamait un compte rendu quelques jours plus tard, en dépit de mes efforts, j'en avais oublié la moitié et j'étais incapable de réciter correctement le peu dont je me souvenais. Les réactions de mon père – une lueur soudaine dans ses yeux si je prononçais certains mots ou ânonnais approximativement une idée cruciale – m'indiquaient pourtant que les bribes que j'avais retenues recelaient de l'or. Mais je ne comprenais pas. J'étais trop jeune ; je ne voyais pas les armes que mes ancêtres m'avaient laissées, le bouclier dans les hautes herbes brunes, la hache au pied de l'arbre.

J'avais pour professeur de mathématiques une femme appelée Mme Chance, entièrement dévouée à sa discipline et encore plus à ses élèves. Elle avait de la classe : un accent qui évoquait le Sud, des reflets roux et un parfum âcre. Sa ferveur était tellement communicative que nous nous vantions auprès de nos amis de savoir ce qu'était une équation. Elle débitait ses cours à toute allure et organisait des séances de soutien après l'école. Elle n'était pas Consciente à la manière de mon père, mais d'une façon que je repérais à trente mètres, même si je n'aurais pas su la définir : cette attitude des Noirs qui désirent simplement être dans la course et mettre en avant les succès des leurs. J'étais mon pire ennemi, me dit-elle un jour. Elle dissertait sur les équations du second degré, lorsque du coin de l'œil elle me surprenait, perdu dans les nuages :

— Ta-Nehisi, réveille-toi.

Je n'étais pas un élève studieux. Je trouvais la solution plus vite que la plupart de mes camarades, mais le monde réel m'avait déçu et je ne m'appliquais guère à l'étudier. En revanche, quand j'étais motivé, j'apprenais. Je dévorais les textes de sciences sociales comme un grand roman. J'étais un novice en algèbre, cependant, gagné par l'enthousiasme de Mme Chance, je me rendis en cours de soutien jusqu'à ce que je rapporte à la maison une moyenne de quatre-vingts sur cent, un triomphe sur mon bulletin.

C'étaient les exceptions. Au cours élémentaire, mon institutrice avait confié à ma mère qu'elle me croyait légèrement attardé. Mais à Lemmel je me laissais vraiment aller. Je dormais en cours de français, je rêvais de combats de crayons et de batailles navales. Alors que nous avions la chance d'étudier le latin, je passais mon temps à bavarder et à inventer des excuses pour me lever de ma chaise. Je sondais les professeurs, repérais leurs faiblesses, puis leur faisais croire que mes parents étaient drogués.

Lorsque je rentrais à pied de l'école, j'étais incapable de m'arracher à mon état rêveur naturel. Je pensais à une foule de choses et ne voyais presque rien. J'aurais pu être frôlé par l'aile d'un bolide et ne sentir qu'un souffle léger. J'étais quand même assez malin pour me faire escorter : à présent, j'allais au collège avec Leroy et d'autres garçons de mon âge. Le matin, nous descendions la pente herbeuse, mais le temps d'arriver en bas j'étais généralement à la traîne. C'est ainsi que je découvris ce contre quoi on m'avait mis en garde : les doigts qui craquaient et les regards torves.

Je n'en vis qu'un, d'abord, mais c'était comme au bonneteau, on ne savait jamais s'il n'y en avait pas dix de planqués derrière, prêts à surgir au premier coup de poing, au moindre faux pas.

Il vint à moi sans mauvaise intention apparente, mais son discours de paix était un leurre. Tandis que je reprenais lentement mes esprits, il m'expliqua rapidement son prétexte pour m'accoster. Il feignait la confusion, me regardait comme si j'avais la réponse. Peut-être s'agissait-il d'un cousin qui s'était fait piquer sa chaîne dorée, d'un petit frère tombé dans une embuscade au port. Peu importe, c'était pure invention. Si nos lois nous avaient désertés, nous n'avions pas renié toute dignité. Aussi, eu égard aux traditions, l'agresseur devait établir l'offense avant d'entamer la danse. Mais, eu égard à notre époque dénaturée, l'accusation était toujours fantaisiste, un alibi.

Je ne réagis pas. Je ne comprenais pas ce qui se passait. Trois autres apparurent, énervés, renonçant à leur diplomatie bidon. L'un d'entre eux, la peau jaune, vêtu d'un tee-shirt bordeaux et d'un jean, avança vers moi en agitant les mains :

— Qu'est-ce t'as, enculé ?

Heureusement, entre-temps, mon groupe avait remarqué ma disparition et fait demi-tour. Je fus sauvé par Leroy, qui se trouvait être dans la classe de l'un des leurs :

— Yo, laissez, c'est un pote.

Ils me toisèrent et battirent en retraite.

Les vendredis ensoleillés comme celui-ci étaient propices à la baston. La température attirait les mecs en survêt et Adidas Superstar. Plus tard, je fis connaissance de la bande qui m'avait abordé : les Mighty Hilton-Beys. Des gars de Lemmel, mais de ceux qui dormaient en classe et arrêtaient avant la seconde. Ils commençaient à vivre après les cours, lorsqu'ils traînaient avec des airs louches devant le magasin 7-Eleven, au pied de Dukeland Street. C'était là que les lascars chouraient des Hostess Cakes et cherchaient à tâter la cambrure naissante des gamines.

Il existait plusieurs bandes similaires au collège, divisant Lemmel en fiefs. Ils se regroupaient parce qu'ils étaient du même quartier, dans la même classe, avaient fréquenté la même école primaire. À force de croupir dans leur misère, leurs esprits s'étaient rabougris. Alors, ils glandaient aux arrêts de bus, dans les stations de métro, à la sortie des bars, filaient la pièce aux poivrots pour obtenir de l'alcool et assaillaient le Civic Center dès qu'il y avait un match pour tenter d'entrer sans payer. Ils zonaient devant le centre commercial, entre le Crab Shack et Murray's Steaks, dans l'espoir de se tailler une réputation.

On m'avait nourri de récits sur le combat de nos aînés : le masque de fer des esclaves marrons, les pieds coupés, le fusil de Harriet Tubman – Dirty Harriet pour les intimes – et, plus récemment, les musulmans et Malcolm le grand. Mais quelle déchéance autour de moi : la télé câblée et une console Atari dans chaque pièce, des mères adolescentes, des nègres arborant des baskets qui valaient autant qu'une traite immobilière. Les Conscients savaient que la race tout entière était menacée de naufrage, que nous nous étions libérés de l'esclavage et de la ségrégation, mais pas des fers de l'esprit. Les lascars ne voyaient pas plus loin que le bout de leur nez. Nous nous figurions que nos batailles étaient locales et individuelles, pourtant, tel un vent maléfique derrière nous, nous sentions des mains invisibles à l'œuvre, comme s'il y avait toujours quelqu'un pour actionner les leviers et tirer les ficelles.

L'absence d'ennemi précis transformait la plupart de ces gamins en barbares, même s'il en restait quelques-uns dans mon genre pour refuser le combat. J'avais de bonnes joues. Je parlais beaucoup, riais avec tant de candeur que les garçons les plus durs autour de moi me laissaient faire. Mais cette bonhomie me désignait comme faible et, lorsque je traversais avec gaucherie la foule des élèves moins doués pour me rendre en cours le matin, je confirmais les rumeurs les plus dangereuses courant sur l'équipe Marshall. Ses membres venaient pour la plupart de quartiers plus au sud, où la récente cruauté de la ville était déjà un fait acquis et indiscuté. Ils connaissaient leur place dans ce nouvel écosystème. Pourtant, ils refusaient de jouer les ignorants. Ils étaient plus intelligents que leurs copains, leurs oncles et leurs cousins. Et certains se débrouillaient pour posséder en plus la grâce de la rue. Charles Davis jonglait avec les chiffres sans jamais perdre le rythme, un blouson de cuir noir sur le dos. Il était l'un des rares d'entre nous à pouvoir porter un manuel comme s'il n'y avait rien de plus cool.

Néanmoins, la majorité d'entre eux apprenaient très tôt qu'ils n'étaient ni drôles ni rapides. Dans le meilleur des cas, ils avaient un tir en suspension correct ou ils étaient capables de pivoter pendant un retour sur coup d'envoi. Mais leurs talents se logeaient généralement ailleurs, et les autres élèves ne les respectaient pas. Vers huit ans, ils percutaient enfin : s'ils étaient prêts à se battre, ils seraient acceptés. Peu importe si leur direct était hasardeux, si leur clé de tête ne valait pas mieux qu'une vigoureuse étreinte. En choisissant le combat plutôt que la fuite, ils montraient qu'ils n'étaient pas des cibles faciles et signifiaient aux bandits qu'ils leur donneraient du fil à retordre. Après avoir surmonté les batailles initiales du primaire, ils se retrouvaient dans une position difficile à Lemmel. Il y avait le bouillonnement macho de la puberté, qui souvent se manifestait par la violence. Il y avait l'absence des hommes et des pères, qui auraient pu enseigner à leurs fils la nuance et l'intelligence. Il y avait les filles, qui affichaient des courbes et une insolence nouvelles, et que nous cherchions tous désespérément à impressionner. Et il y avait la cinquième 16 – l'équipe Marshall –, les fayots, des victimes désignées.

Presque tous les garçons de ma classe avaient entendu la rumeur : la cinquième 16 était faible, incapable de défendre son couloir. Alors, mes camarades commencèrent à se regrouper un peu plus que nécessaire, conscients que, tôt ou tard, l'un d'eux serait pris à partie.

C'est ainsi que l'équipe Marshall, la fine fleur de Lemmel, devint un gang. Les membres se rassemblaient dans leur zone avant les cours. Ils avaient leur propre table à midi. Ils faisaient mine de s'étrangler, cherchant le maillon faible. Aux toilettes et à la cantine, ils se frappaient et analysaient la réaction de l'autre, car il fallait s'entraîner pour affronter l'extérieur.

Moi, mon truc, c'étaient les calumets et les traités de paix. Mon style, c'étaient la tchatche et l'esquive. C'était une tactique animale, faire le mort en espérant que les prédateurs iraient se battre avec un adversaire digne de ce nom un peu plus loin. Mais c'était une preuve de ma mé-Connaissance, de mon ignorance des lois de la nature et de l'humanité. Je découvris mon erreur un jour à la sortie du cours de latin de Mme Hines, juste avant le déjeuner. Les garçons de la cinquième 16 nous encerclèrent, Kwesi Smith et moi. Nous étions tous les deux nouveaux à Lemmel, ce qui nous avait rapprochés. Mais il progressait plus vite que moi et, lorsque la classe forma une arène autour de nous, il était déjà en garde, alors que je cherchais encore une brèche dans le mur humain.

J'apprendrais à mieux connaître Kwesi au cours de l'année. Il m'inviterait à des barbecues chez lui et à des repas d'anniversaire dans des restaurants de poissons autour de la baie. Nous étions pareils : il portait des jeans Bugle Boy, des pantalons de break dance en toile de parachute, des cols roulés arborant des marques mystérieuses comme « Fifth Patrol » sur des médailles en cuivre,

Mais ce n'était pas pour tout de suite. D'abord, nous devions nous battre. Quelqu'un – peut-être Merrill, Gerald ou Leon – avait tout déclenché. Ils voulaient une bagarre. Une voix s'éleva dans la foule, dit quelque chose comme : « Vas-y, montre-nous si t'es cap de prendre cet enculé. » Je levai les poings, pensant : *Je ne frapperai que s'il...* Je n'eus pas le temps de terminer. Kwesi m'avait claqué la mâchoire du plat de la main. Les autres classes de l'équipe Marshall changeaient de salle. Le couloir tout entier partit d'un grand éclat de rire. Le rire se propagea à travers le collège, la ville et au-delà. Je voyais Big Bill secouer la tête.

C'était un manque de respect flagrant : je ne méritais même pas une mandale digne de ce nom. J'eus droit à quelques taloches paresseuses, avant qu'un professeur n'intervînt. Mais c'est ainsi que tout débuta : par un coup qui ne faisait même pas mal. À la cantine, l'histoire se propagea de table en table et jusque dans la queue. Des types que je ne connaissais pas racontaient la scène avec les enjolivements de rigueur :

— Alors, l'autre négro, il lui a dit : Qu'est-ce que tu vas faire, salope ? Et Tana – c'était le surnom qu'ils m'avaient donné –, il s'est mis à chialer.

J'étais sur une pente savonneuse. J'essayais de dédramatiser les choses, mais je ne mesurais pas la gravité de ce qui s'était passé. En fait, pour regagner un tant soit peu de respect, il aurait fallu au moins que je tue Kwesi devant tout le monde à la cantine.

À compter de ce jour, je devins une cible privilégiée, un objet de mépris. Les élèves des bonnes classes étaient les pires. Certains me frappaient uniquement pour prouver leur virilité, mais en général ces raclées étaient parfaitement logiques. Lorsqu'ils me regardaient, les cinquièmes 16 voyaient tout ce qu'on leur reprochait – la douceur et la faiblesse – et ils ne pouvaient pas le permettre. Je ne me fis pas beaucoup de nouveaux amis dans l'équipe Marshall, cette année. Et les rares que j'avais déjà ne comprenaient pas pourquoi je refusais de me battre.

Je m'intégrais à peine mieux à Tioga. Notre quartier était calme et ne pouvait se comparer au reste de Mondawmin. Peu de bénéficiaires de l'aide au logement et pas d'héritage pittoresque : aucun dieu plus âgé pour se remémorer l'époque mythique des combats au couteau et de l'héroïne. Nos bicoques de brique léthargiques manquaient de dignité. Bâties sur une déclivité naturelle, elles s'affaissaient sur elles-mêmes et les unes sur les autres, possédaient toutes un minuscule jardin à l'arrière et un sous-sol à la porte enchâssée dans la pente, comme un abri antiaérien. Un carré de pelouse insignifiant à l'avant. Une petite véranda. Mais c'était toujours mieux – et d'une certaine manière pire – que les barres d'immeubles et les cités.

Nous n'avions pas de centre de loisirs ni de terrain de sport où s'affrontaient des as du ballon au tir légendaire. Les terrains de Druid Hill Park étaient inaccessibles. Je faisais du cerf-volant sur de grands parkings ou bombardais de boules de neige les bus et les taxis avec Leroy et quelques copains. Nous explorions la colline verte entre le centre commercial et la maison et jouions au foot, élaborant des stratégies que nous dessinions dans nos paumes. Derrière chez nous, nous délimitions de larges pistes et établissions des parcours pour nos vélos Diamondback et Mongoose.

En dépit de mon ignorance de la rue, je savais que les athlètes étaient nos rois : Jordan, Tyson, Lawrence Taylor. Et puis Len Bias, le basketteur de l'Université du Maryland, et son indécente gamme de tirs. Un jeu pareil, ça n'aurait pas dû être permis. Bias avait un premier appui surnaturel, si parfait que, alors qu'on attendait un dunk moulin à vent ou un double-pump, il s'arrêtait à six mètres et marquait tranquillement un panier éblouissant. Big Bill était au septième ciel. Il suivait les scores dans le *Baltimore Sun*, découpait des gros titres et fantasmait sur les demi-finales du championnat universitaire de basket.

Bill récupérait au sous-sol les brouillons de notre père et s'entraînait à lancer des boulettes de papier dans la poubelle. Il tordait des cintres de métal pour en faire des arceaux qu'il coinçait en haut d'une porte. Puis il transformait le *Sun* de dimanche en ballon, l'emmaillotant de ruban adhésif brun. Son addiction était dévorante. Il me réquisitionnait. J'étais chargé d'aller chercher les outils de notre père, puis de piquer des casiers de lait au supermarché à côté du Mondawmin Mall. Bill, Jay, Dante et tous les garçons du voisinage se réunissaient dans la ruelle entre Forest Park et Liberty Heights Avenue. Pour Bill, transformer une bande de bitume en terrain de basket était un jeu d'enfant : à la cité, il avait réussi à faire apparaître Madison Square Garden[1] sur une jante de bicyclette. Il découpait le fond du casier, escaladait une échelle que tenait l'un de ses copains, puis clouait son panier de fortune à un panneau lui-même fixé à un poteau téléphonique. Alors, il prenait le ballon orange, baptisait sa création d'un bref tir en suspension et se mettait à psalmodier un hommage à son idole : Bias à six mètres, Bias d'un bout à l'autre du terrain, Bias a marqué.

Les règles étaient organiques. Les fissures sur le ciment délimitaient le terrain et la ligne de lancer franc. Nous étions honorables et signalions

1. Salle omnisport de Manhattan.

les fautes. La ruelle se civilisait peu à peu. Bill apportait son ghetto-blaster et des cassettes de Frank Ski, DJ et figure de la radio à Baltimore. Des abrutis tiraient sur de vieux anoraks de ski avec des pistolets à air comprimé et s'amusaient à faire exploser le garnissage. L'hiver ne nous arrêtait pas. Les nuages s'amoncelaient et ensevelissaient la ville sous la neige. Mais, le lendemain, on dégageait un rectangle gris. Alors, bonnet sur la tête, c'était reparti. Le casier percé restait là pendant des mois, jusqu'au jour où on ne trouvait à la place que des morceaux de plastique et des clous tordus. Je soupçonnais des esprits invoqués à la nouvelle lune pour venger l'honneur des dieux du basket.

Cependant, j'avais beau faire, la rue n'était pas mon habitat naturel. C'était vautré sur le lit à contempler le plafond ou occupé à classer mon impressionnante collection de *Facteur-X* que je me sentais dans mon élément. Mon père, qui voulait que j'apprenne les règles de notre monde, ne me laissait pas en paix. Dans le paisible chaos de ma chambre, j'étais entouré de certitudes. Je feuilletais mes *comics*, étudiais les origines du pelage bleu du Fauve ou de la télékinésie de Jean Grey. Quand soudain une ombre assombrissait mon éden : mon père se tenait dans l'encadrement de la porte :

— Sors, disait-il. Ce sont les tiens, là-dehors. C'est ton peuple.

Alors, j'allais retrouver Bill en traînant des pieds. Dans la ruelle, j'accumulais les erreurs. Je recommençais à dribbler après m'être arrêté, marchais, touchais mon adversaire. Mes tirs violemment contrés finissaient dans le caniveau. Je parvenais à peine à dribbler deux fois avant de me faire piquer le ballon.

De retour à la maison, Bill me surprenait en train de rêvasser et me gratifiait d'une bourrade pour me faire réagir. La plupart du temps, je m'écroulais par terre en glapissant.

Déterminé à faire de moi un homme, mon frère entreprit de passer en revue les filles de Tioga :

— Yo, pourquoi tu vas pas causer à Terra ? Elle est trop bonne, cette meuf, me lançait-il en écarquillant les yeux d'un air suggestif, une grimace empruntée à son ancienne idole, le catcheur Ric Flair, vestige du petit garçon qu'il était resté sous ses allures de dur.

Je me contentais de grogner.

J'avais bien évidemment remarqué les formes qui s'épanouissaient autour de moi. Lorsque pour la première fois j'aperçus des cheveux permanentés tirés en arrière et attachés avec un ruban rouge, des filles à la peau brune en robe turquoise soulevée par la brise dominicale, des mères célibataires sublimes en jean Jordache, je ne pensai qu'à ça pendant des jours. Il y avait trop de mon père en moi, ou pas assez. J'étais tétanisé en présence des filles, car j'étais convaincu de n'avoir rien à leur offrir, rien d'intéressant à dire.

Il y avait donc Terra, craquante avec son carré court, sa silhouette en cône de glace, les hanches larges et les jambes fines. Elle ne souriait ni ne riait. Elle parlait peu et traînait avec des mecs plus âgés, ce qui était terrifiant. Dès que je m'approchais d'elle, ma langue gonflait dans ma bouche. Je devenais muet et aveugle. Mes épaules s'affaissaient et je regardais fixement mes chaussures avant de battre en retraite. Arrivé à la maison, je gravissais les marches quatre à quatre et m'écroulais sur le lit. Alors, je tombais, passant à travers les draps, le sommier à ressorts, le premier étage et le rez-de-chaussée ; je chutais à travers des feuilles vert et or, pour atterrir dans un monde dont on avait révisé les règles. Terra flottait sur un océan pastel et bientôt elle se trouvait devant moi, les lèvres entrouvertes de désir. Je tendais la main afin d'abolir la distance entre nous, quand soudain le monde tremblait et grinçait. C'était Bill au-dessus de moi qui me flanquait un coup de poing dans le bras.

Il devrait prendre cela pour un affront personnel. Le sort de la diaspora Coates et son rôle de patriarche délégué lui tenaient à cœur. Nous étions tous dispersés. Malik à East Baltimore. John à Randallstown. Kriss et Kell à la Mecque. Mais nous nous retrouvions tous sous le toit de Tioga. Bill s'était installé sur le trône. L'après-midi, il nous emmenait à une séance du *Dernier Dragon* ou suivait les résultats d'un tournoi estival. La nuit, la maison craquait et gémissait. Bill distribuait marteaux et joysticks pour combattre les cambrioleurs de notre imagination.

Il nous portait à bout de bras, même si nous ne lui avions rien demandé. Je suppose que cela le grandissait à ses propres yeux. Cependant, il ne mesurait pas toutes les implications de son héritage. En ce temps-là, nous observions notre père et nous comprenions si peu de choses. Du côté de ma mère, nous avions des cousins qui étaient de vrais Américains. Ils s'ébattaient dans une confortable banlieue résidentielle de Columbia, à une trentaine de kilomètres de Baltimore. Ils jouaient au base-ball sur de vastes terrains généreusement subventionnés. Leurs pères étaient des vétérans que le Vietnam n'avait pas rendus amers. Ils parlaient barbecues, écrous de roue et golf. Leurs maisons n'étaient pas mitoyennes. Leurs rues s'appelaient Dove's Fly Way ou Evergreen Road. Ils mettaient des guirlandes lumineuses à Noël et avaient des salles de bain avec des gants et des serviettes assortis. Nous étions comme eux, et pourtant notre père nous forçait à vivre dans ce quasi-ghetto.

Il n'éprouvait aucun remords, car il connaissait les enjeux. Ici, nous subissions un second *maafa* – un nouvel holocauste noir –, ou peut-être une extension du premier. Autour de nous, l'ordre ancien périclitait et les pères sombraient dans l'abjection. Ils bradaient leur honneur contre du vin et de la came, abandonnant dans leur sillage des légions de garçons paumés, étourdis et furieux. Mais notre père restait inébranlable face à la barbarie, il écartait les eaux stagnantes du lac des chevaliers déchus et dégainait son épée.

Être Conscient ne signifiait pas seulement ingurgiter des livres obscurs à la gloire des nôtres. C'était un sentiment intime, la conviction profonde qu'il s'était passé quelque chose de grave dans nos vies. Chez mon père, c'était une obsession. Il n'était pas porté sur le bavardage, regardait très peu la télé, car, une fois que l'on était Conscient, la moindre publicité, la moindre émission devait être décortiquée, afin de révéler son rôle dans le sinistre complot américain.

Cela dit, il n'était pas dépourvu d'humour. Un hiver, il jeta notre vieux canapé vert et attendit quatre ans avant d'en acheter un autre. Bill pestait, mais mon père ne se laissait pas démonter. Quand des amis ou des parents nous rendaient visite, il regardait l'espace vide et lançait :

— Hé, Gary ! Assieds-toi donc sur notre nouveau canapé. Il est en cuir.

Le dimanche, nous regardions parfois un match ensemble, tous les deux étendus par terre. Si les Philadelphia Eagles mettaient la pâtée à mes Dallas Cowboys adorés, il les acclamait et je passais à l'ennemi :

— Fils, tu n'es pas un vrai supporter si tu changes de camp.

Mais, même dans ce domaine, ses choix étaient dictés par son obsession. À l'époque où il n'y avait pas d'autre *quarterback* noir, il vénérait Doug Williams et soutenait son équipe, les Tampa Bay Buccaneers. Puis Williams passa chez les Redskins. Le jour de l'hiver 1987 où Williams fut appelé sur le terrain pendant le Super Bowl, mon père bondit devant la télé, hurlant et agitant le poing. Vas-y, Dougie, vas-y ! Williams lamina Denver pour nous – quatre *touchdowns* en un seul quart-temps – et devint le premier des nôtres à brandir le trophée Vince Lombardi. Lorsque les mains noires de Williams se refermèrent sur la coupe, mon père rayonnait. Il n'avait pourtant jamais aimé les Redskins.

Il voyait tout à travers le prisme de son peuple. Il avait lu la prophétie de Marcus Garvey et croyait à l'union des Noirs du monde entier. Il se sentait investi d'une mission, il était chargé de réaliser le royaume de Garvey et, à nos yeux, il était invulnérable.

Mais il était aussi insupportable. À la fin des années 1970, mes parents achetèrent une maison dans Woodbrook Avenue. En 1979, mon père partit passer un diplôme de troisième cycle en sciences de l'information et des bibliothèques à l'université d'Atlanta, laissant ma mère, alors âgée de trente ans, pleurer seule sur le lit.

Mon père avait une vision très personnelle de l'alimentation halal. Il ne fallait pas lui laisser trop de temps pour réfléchir, c'était dangereux. Ainsi, la farine blanche, le riz blanc, le sucre et la viande furent bannis de la maison à diverses périodes. Autrefois, il nous régalait de glaces maison et de biscuits aux pêches. Après, il fallut se contenter de raisins secs, de cacahuètes et de brownies à la caroube. Il servait des pancakes à la farine complète avec du miel. Le poisson devint notre plat de fête. Mais j'étais allergique et j'avais des poussées d'urticaire et, lorsque nous emménageâmes dans Tioga Parkway, mon père dut se résoudre à faire des concessions. Le sucre et la volaille étaient de retour au menu. Ma mère nous faisait du *carrot cake* et grillait des cuisses de poulet au barbecue.

Bill, qui se nourrissait de steaks, de travers de porc et de saucisses chez sa mère, eut du mal à s'habituer à ce nouveau régime lorsqu'il revint vivre chez nous. Une fois, voyant ma mère cuisiner des saucisses végétariennes, il se sentit obligé d'éclairer sa lanterne :

— C'est pas des hot-dogs, lui indiqua-t-il d'un ton serviable.

— Dans cette maison, si, rétorqua-t-elle. Si tu veux autre chose, tu vas l'acheter.

Il y avait toute la distance que l'on peut imaginer entre eux. C'était un loyaliste dans l'âme et, à ses yeux, elle restait sa belle-mère, même si ce genre d'appellation technique – tout comme les termes demi-frère et demi-sœur – n'avait pas cours à la maison. Il arrivait que mon père s'absente plusieurs jours d'affilée pour enquêter sur un historien oublié, rechercher les ayants droit d'un livre ou persuader quelqu'un de faire don de ses documents à la Mecque. C'était un homme de grands desseins, mais il avait tendance à déléguer les détails pratiques aux autres. Et lorsque Bill habitait chez nous, ma mère passait son temps à le recadrer.

À Tioga, c'était elle qui gérait le quotidien. En matière de discipline, mon père n'intervenait qu'en toute dernière extrémité, lorsque nous étions vraiment allés trop loin. Dans ces moments-là, ma mère baissait la tête et s'éloignait. Nous n'avions plus qu'à attendre dans notre chambre, jusqu'au soir ou au petit matin, l'apparition de la ceinture de cuir.

Il fallait avoir commis un acte d'une grande stupidité pour cela, un exploit dont je me rendais coupable au moins une fois l'an. Ma mère était dure à sa manière, et particulièrement dangereuse quand sa voix devenait à peine plus haute qu'un murmure. Elle avait grandi à Gilmor Homes, une cité difficile, et ne craignait pas la bagarre. Si mon père générait une peur surnaturelle, ma mère était l'émanation temporelle de son autorité. Je me sentais plus proche d'elle à l'époque, surtout parce que, contrairement à mon père qui nous sermonnait du haut de son Olympe et menaçait de s'abattre sur nous tel un fléau destructeur, elle était abordable. Elle parlait de tout, même de la sexualité, aussi naturellement que s'il s'agissait du temps :

— Écoute, mon garçon, me dit-elle un jour, à l'occasion de l'une de ses innombrables leçons sur le sujet. La première fois, sois doux. Ne va pas sauter comme un fou sur la fille. Souviens-toi d'être doux.

Cependant, elle ne nous protégeait pas de notre père et pouvait être aussi impitoyable que lui. Un jour où je m'étais montré insolent, elle brandit une chaussure à talon. Alors que je m'enfuyais, j'eus le réflexe de dévier vers la droite. La chaussure me frôla et laissa une entaille dans le mur. Ma mère éclata de rire et s'éloigna.

Bill avait du mal à accepter son autorité. Un jour, je rentrai à la maison pour le trouver en proie à une crise de fureur. Il parlait au téléphone avec un copain. Il menaçait de sortir son flingue si mon père le cherchait. Puis il traita ma mère – qui, en Femme Consciente, portait ses cheveux courts et naturels – de « pute chauve ». Je passai devant lui sans un mot. La colère me mettait mal à l'aise. Même s'il m'arrivait de sentir les griffes de la rage s'enfoncer dans ma chair, elles relâchaient vite leur prise. Je supposais que cette colère disparaissait comme elle était venue. Des années plus tard, je me rendrais compte de mon erreur. Mais, en ce temps-là, j'étais démuni.

J'évitai de parler à mon frère au cours de la semaine suivante. Je connaissais la règle. Un fils n'était pas censé laisser insulter sa mère. J'aurais dû caresser des projets meurtriers : des biscuits à l'arsenic ou un coup de tisonnier incandescent dans l'œil pendant son sommeil. Cependant, j'avais du mal à me cramponner à la brûlure cuisante qui nourrit le désir de vengeance. En fait, je le comprenais presque. Nous étions nés de mères différentes et nous ne portions pas le même regard sur le monde. Il pouvait se conduire comme une brute, mais j'étais de ces petits garçons qui vouent un véritable culte à leur grand frère. Je récupérais ses vieux tee-shirts Nike et ses survêtements gris Adidas dans l'espoir qu'ils s'étaient imprégnés au lavage de son ardeur, de son courage et de sa prestance, et qu'ils réveilleraient une virilité latente en moi.

Je rêvais, bien sûr. Pendant ce temps, à Lemmel, mon pote Fruitie passait du statut de loser à celui de héros emblématique sous mes yeux émerveillés. Nous étions frères de galère, tous les deux gauches et inadaptés à notre environnement. Sa maîtrise du ballon orange était hasardeuse. Son style vestimentaire conformiste. Il avait ce tempérament affable que la plupart des autres garçons s'efforçaient de cacher sous une armure. Son nom d'esclave était Antwan Smith, mais l'équipe Marshall l'appelait Fruitie, autrement dit « gay », « efféminé », parce qu'il riait pour un rien, racontait des blagues pourries et se fichait du masque qu'on était censé porter dans la rue. Comme moi, il était grand et venait de l'un de ces quartiers anonymes que les gobelins ne craignaient pas. Les ressemblances s'arrêtaient là.

Je ne sais pas combien de raclées Fruitie s'était prises. Le récit de ses aventures circulait sur le mode de la tradition orale, avec différentes variations sur le même thème héroïque : Fruitie se tenait en bas des marches du collège, tranquille, entouré de vandales qui n'osaient pas se battre à la loyale. Ils lui tournaient autour, cherchaient le meilleur angle pour lui décocher un coup bas. On ne voyait jamais la hache de Fruitie, seulement la meute déchaînée qui se jetait sur lui puis se retirait soudain. Il se défendait comme un lion et repoussait plusieurs assauts avant de tomber. À chaque récit, ses actes étaient plus glorieux, le nombre des infâmes grossissait, leurs méthodes devenaient plus cruelles. Ces mecs venaient de Douglass High School : ils étaient presque des adultes. Ils avançaient d'un pas lourd, surgissant des bois par dizaines. Se déversaient de camionnettes de travail tachées de peinture. Ils portaient des casques et des pompes de sécurité. Ils faisaient tournoyer des planches de construction et des tuyaux, brandissaient des briques. Pas une fois Fruitie ne sortit vainqueur, cependant, parce qu'il ne capitulait jamais, il avait acquis le statut mythique d'un John Henry*, et l'équipe Marshall lui témoignait un respect qu'aucun tir en suspension, aucune fille n'aurait pu lui valoir. Les dieux de la rue pouvaient se gausser. L'époque lui donner tort. Il ne capitulerait pas.

Un jour, à l'arrêt de bus, là où Garrison Boulevard rencontre Liberty Heights Avenue, il me révéla le secret de sa force, mais je refusai de le croire. Il y avait une caserne de pompiers de l'autre côté du carrefour et le Jim Parker Lounge juste en face. C'était l'hiver et je frissonnais, car on venait de me piquer mon bonnet Nike bleu ciel.

C'était le genre de comportements imbéciles qui nous détruisait peu à peu. Il existait un Baltimore où les gosses allaient en cours pour étudier et ne connaissaient pas de pires problèmes que les dictées et les premiers émois amoureux. Dans des quartiers comme Roland Park, il y avait des petits caïds, des gros et des teignes en phase rebelle : la démographie normale de toute école digne de ce nom.

Mais, à Mondawmin, les vautours corrompaient tout. Ils n'allaient pas grandir et s'assagir, ils n'allaient pas finir par se réconcilier avec leur moi profond. La Connaissance était une maladie. Certains l'attrapaient plus vite que d'autres. Cependant, au bout du compte, nous succombions tous. Nous nous lassions tous d'être humiliés. Nous n'étions pas différents des autres gosses, nous rêvions de trains électriques, de Captain Marvel et de coffrets de chimiste. Mais les trolls nous guettaient, les crocs ensanglantés, leur patience infinie. Et un jour nous avions assez de nous faire piétiner. Alors, nous embrassions la Connaissance à notre tour, nous efforçant de devenir des hommes à tâtons dans l'obscurité.

Chaque gamin noir arrivait à cette conclusion tôt ou tard. Fruitie était un geai bleu dans la prairie, cependant, lui aussi avait fini par céder à la Connaissance. Cet après-midi-là, quand les vautours fondirent sur moi et s'envolèrent avec mon bonnet, je n'aurais eu qu'à siffler pour qu'il se jette sur eux. Pourtant, je n'en fis rien. Après le départ des pillards, rompant le silence embarrassé, Fruitie m'offrit un joyau. Il avait peur, m'avoua-t-il, mais, lorsqu'il était cerné, il se récitait un vers du rappeur Rakim Allah et se sentait plus fort.

Je hochai la tête, puis m'empressai d'oublier. Quelques semaines plus tard, nous traversions tous les deux le terrain en face de Lemmel afin de rejoindre l'arrêt du M-1 : il rentrait chez lui, j'allais rendre visite à ma grand-mère. C'est alors que ces fils de pute surgirent, bien plus nombreux que nous, courant à travers le champ entre Dukeland Street et Liberty Heigths. Je me suis débrouillé pour oublier à quoi ils ressemblaient, en revanche, je me rappelle parfaitement qu'ils me piquèrent ma casquette des Raiders – je n'avais pas de chance avec mes couvre-chefs – et arrachèrent à mon ami quelque chose que je ne vis pas. Ils offrirent de nous laisser partir sans autre dommage. J'acceptai. Pas Fruitie. Il n'y a pas d'autre manière de le dire : je l'abandonnai.

Je vis tout depuis l'arrêt de bus. Il n'avait rien d'un Thor. Lorsqu'il agitait ses longs bras, le monde ne tremblait pas sur son axe. En quelques secondes, il se retrouva à terre. C'était une scène horrifique. Ils se jetèrent sur lui, hurlant comme des possédés. Fruitie avait beau ruer et se débattre, il disparut dans la mêlée. Comment cette vision – lui impuissant au sol, à un contre six – pouvait-elle être poétique ? J'étais un garçon pareil aux autres, égoïste à ma manière. Il y avait toutefois quelque chose qui m'échappait, et qui semblait essentiel à ceux qui m'entouraient : un gamin qui avait perdu son cœur ne valait rien.

Bien sûr, dès le lendemain, l'histoire avait fait le tour de l'équipe Marshall. Quelqu'un vint me voir en cours de sciences :

— Fruitie devrait te défoncer la tronche.

Mais ce n'était pas le genre de mon pote. Lorsqu'il me vit, il tapa son poing contre le mien et continua à déconner comme si de rien n'était, comme s'il n'y avait pas de problème. Sa gentillesse me blessa. Et je sus alors que j'étais seul.

3

Africa in the house, they get petrified

L'Afrique est dans la place, ils sont pétrifiés
(« Straight Out of the Jungle »,
Jungle Brothers, 1988)

Mon père n'était pas un homme violent. Il s'était mis au bio dans les années 1970, bien avant que ce soit la mode, et cultivait un carré de légumes dans le petit jardin derrière chez nous. Je ne l'ai jamais vu s'énerver en public. Je ne l'ai jamais vu frapper personne d'autre que ses enfants. Il possédait une arme à la maison, une relique : une carabine cassée datant de son passage chez les Black Panthers, rangée dans notre placard à manteaux, sous des vieux blousons et des brodequins. Il aimait les films étrangers et accomplissait un pèlerinage hebdomadaire au Charles Theater, une salle art et essai du centre-ville, pour sa dose de Truffaut. Et pourtant, il y avait chez lui quelque chose qui décourageait les chercheurs d'embrouilles et il ne se faisait aucune illusion sur la nature humaine.

Il pensait que l'éducation ne se limitait pas aux connaissances scolaires et voulait que j'acquière au collège les rudiments pour devenir un homme. Comme tous les parents, il exigeait des résultats à la hauteur de mon potentiel supposé. Mais surtout il voulait que je quitte Lemmel avec la Connaissance et la Conscience, et que je sois capable d'utiliser l'une et l'autre à bon escient. Il avait roulé sa bosse, et, partout, il avait remarqué qu'il y avait des gens qui faisaient profession d'exploiter les autres. Aujourd'hui, me disait-il, c'étaient des voyous qui me piquaient mon bonnet. Demain, ce serait un supérieur hiérarchique abusif ou une fille qui cherchait un substitut paternel. Règle de la Connaissance numéro 2080 : du ver de terre à l'homme, l'univers est rempli de petits despotes. Il valait donc mieux apprendre à se défendre que de passer sa vie à courber l'échine et à tirer sur sa chaîne.

Mon père me voulait présent au monde, chaque cellule en alerte. Je traversais la vie tel un somnambule, espérant me réveiller un jour de l'autre côté et découvrir que tout cela n'était qu'un rêve. Ce n'était pas seulement que je ne pigeais rien à la culture de la rue : j'étais le genre de gamin qui perdait bonnet et blouson dès que la température se réchauffait. Mon père avait beau me faire la morale, ça ne rentrait pas. Je l'entendais, mais c'était comme s'il parlait une langue étrangère.

À neuf ans, je reçus mon premier jeu de clés de la maison. Je m'empressai de l'égarer. Cela se produisait en moyenne une fois par mois. C'était une hérésie. Les menaces de mon père se multipliaient, sans succès. Finalement, il n'eut d'autre recours que de les mettre à exécution :

— Où sont tes clés ? exigea-t-il.
— Je ne les ai pas, marmonnai-je.

Il se tenait dans le salon. Il venait de rentrer du travail : il se débrouillait toujours pour rentrer au mauvais moment. Les clés en elles-mêmes lui importaient peu, mais à ses yeux elles représentaient tout ce qui risquait de me faire tuer un jour.

— Alors, où sont-elles ?
— C'est un garçon à l'école, il me les a prises et il les a jetées à la poubelle.
— Tu es allé les chercher ?
— Non.
— Tu as corrigé ce garçon ?
— Non.
— Qu'est-ce que tu as fait ?
— Rien.

Il craqua. Sa réaction comportait une part de calcul et d'illusions. Mon père n'était pas du genre à cogner parce qu'il avait eu une sale journée au boulot. En fait, il n'y avait pas de règle : parfois, un prof appelait à la maison et, alors qu'on s'attendait à une raclée, il se contentait de s'asseoir à table et de parler. Cette incertitude était pire, car, quand on commettait une bêtise, on se retrouvait dans un film d'épouvante. On ne savait jamais ce qui allait nous tomber dessus ni quand.

Mon père monta l'escalier et réapparut avec sa ceinture de cuir noir. Il la plia soigneusement en deux. Puis il me donna un petit coup de poing dans la poitrine et me demanda qui m'effrayait le plus : lui ou eux ?

— J'ai descendu ça pour t'intimider, poursuivit-il. Pour te montrer qui je suis. Pour que tu comprennes que je ne plaisante pas. Mais ce n'est pas la question.

Alors, il laissa tomber la ceinture sur le tapis marron et se mit en garde.

Mon père s'était battu toute sa vie, pourtant, plus jeune, il avait été comme moi : la rue était son environnement, mais pas son élément. Il fut endoctriné à l'âge de huit ans. À l'époque, il vivait dans Markoe Street, à Philadelphie, avec sa tante Pearl qui se trouvait aussi être sa belle-mère, et quatre demi-frères et sœurs qui étaient également ses cousins, mon grand-père ayant fait des gosses à trois sœurs. Celui-ci approchait alors de la cinquantaine, et son règne de roi-satyre des quartiers nord amorçait son déclin. Plus jeune, c'était un débauché qui semblait constamment sortir de nouveaux enfants de son chapeau. Il était bel homme : grand, la peau claire et les cheveux si crépus qu'il n'avait pas besoin de bonnet, d'eau chaude et de pommade Murray pour se faire des *waves**. Il aimait lire le journal. Mon père, qui était chargé de lui livrer sa ration quotidienne de nouvelles, s'acquittait de sa mission scrupuleusement. Mais un jour il rentra les mains vides, en larmes, et raconta qu'il avait été agressé par une bande de gamins qui traînaient dans la rue :

— Retourne chercher mon journal, répliqua mon grand-père. Si tu reviens sans, c'est contre moi que tu devras te battre.

Mon père protesta :

— Fils, le premier qui dit quelque chose, tu lui flanques une beigne et tu essaies de le tuer. Si tu fais ça, crois-moi, tu ne rentreras pas sans journal.

C'est le genre de récit où la sensation se substitue aux détails visuels. Quand mon père en parlait, la bagarre était floue : deux ombres roulant dans la poussière. En revanche, ce qui était net, c'était le sentiment non pas d'un triomphe éclatant, mais d'une victoire plus intime, la victoire de celui qui avait vaincu sa peur. Et il voulait le faire savoir. À présent qu'il était armé de ce pouvoir magique et qu'il avait goûté à la liberté, il pouvait se promener dans la rue comme bon lui semblait, acheter le journal à minuit par une nuit sans étoile si cela lui chantait. Les prédateurs ne le prendraient plus jamais pour une proie facile, parce qu'il s'était défendu et avait fait appel aux forces supérieures qui tenaient les vautours à distance. Et la Connaissance qu'il avait acquise ne valait pas que pour Markoe Street. Ces gamins deviendraient un jour des adultes, des charognards habiles à l'air respectable, mais mon père saurait toujours les repérer à leur bec, leurs yeux rouges et leurs ailes noires effrangées.

Cependant, il était évident qu'il n'avait pas l'étoffe d'un petit caïd de quartier. La frime, l'esbroufe, ce n'était pas son style, et il faisait un médiocre délinquant. Il ne savait qu'éviter les embrouilles. Il se fit prendre alors qu'il volait des bouteilles afin de les balancer sur des jeunes Blancs. Il arrêta ses études, décrétant que l'école n'avait rien à lui apprendre. Il passait son temps dans les bibliothèques, à lire des romans de Mickey Spillane. Si on l'avait interrogé au sujet de son avenir, il aurait été bien en peine de répondre, cependant, il aurait pu parler de ses virées au centre-ville, des immeubles dont il caressait les pierres, persuadé qu'un jour il posséderait tout cela.

C'était une autre époque. Mon père avait cette foi particulière qui fait de nous des patriotes malgré le joug. Il vénérait JFK, avait des poussées d'adrénaline devant les vieux films de guerre, rêvait de sauter par-dessus des monticules de sable, de conduire des chars, de lancer des grenades. Il était encore à demi-Conscient, en ce temps-là. Il était livreur pour le supermarché A&P de Broad Street, à quelques numéros de l'Uptown Theater. À côté du magasin se trouvait un commerce de spiritueux, avec au premier étage une mosquée de la Nation de l'Islam*. Il rencontra Malcolm X en chair et en os et observait avec intérêt les nationalistes noirs de Columbia Avenue qui brandissaient des affiches représentant de nobles Éthiopiens. Ces hommes-là n'étaient pas des pacifistes, ils refusaient de supplier. Pendant ce temps, Martin Luther King entamait sa tournée des États du Sud. Mais mon père n'avait jamais vu de fontaine ni de toilettes réservées aux Blancs. Il ne se retrouvait pas dans cette autre Connaissance au nom de laquelle chantaient de jeunes Noirs, quand les barbares faisaient tournoyer leurs matraques et lâchaient leurs chiens.

Les options étaient limitées dans le quartier. Il n'y avait pas d'étudiants autour de lui et, dès qu'il quittait sa rue, il avait droit à un *D'où est-ce que tu viens, fils de pute ?* en guise d'accueil. Alors il se rabattit sur ses rêves de John Wayne. Il s'engagea et devint maître-chien dans la police militaire. Il n'avait qu'une vague idée du rôle politique et historique du Vietnam lorsqu'il partit au combat. Il était le seul Noir de son unité. C'était comme partout : il y avait des Blancs humains, et d'autres qui estimaient que les Vietnamiennes étaient leur chasse gardée et qui se débrouillaient pour faire foirer tous ses plans drague. Lorsqu'il sortait son électrophone portable afin d'écouter les derniers morceaux de soul de la Stax[1], ils glapissaient et ricanaient. Profitant d'une permission, il concocta une vengeance : il acheta quelques disques de Dylan, dont il ne savait rien, sinon qu'il jouait une musique de péquenaud.

Dans la tente qu'il partageait avec l'unité, il passa « Masters of War » pour se moquer d'eux et ne réussit qu'à se moquer de lui-même. En fait, ils appréciaient Dylan autant que mon père aimait Pat Boone, autrement dit pas du tout. Il avait une vision tellement stéréotypée des Blancs qu'il présumait qu'ils tapaient tous du pied au rythme de la même musique sans âme. Mais la manœuvre se retourna contre lui. Dylan avait certes une voix abominable, un bêlement de vieillard sans commune mesure avec les intonations rauques ou soyeuses du rhythm and blues qu'il vénérait. Cependant, mon père se laissa peu à peu toucher par les paroles, si bien qu'il finit par le passer en boucle, comme ces étudiants monomaniaques qui consacrent une partie de leur temps à déchiffrer les prophéties de leur groupe préféré. Non seulement il était sensible à la poésie de Dylan, mais ce qu'il entendait

1. Label de musique noire américaine des années 1960.

confirmait tous ses soupçons. Cette guerre était une vaste couillonnade.

Il était plus lucide que la plupart de ses compagnons. Pendant la période d'entraînement, il s'était battu avec un soldat amérindien qui pensait rehausser son statut en s'attaquant au seul Noir de l'unité. Après qu'on les avait séparés, mon père avait regagné sa chambre le temps de se calmer, puis était revenu dans la salle commune. Sur une petite table, il vit *Black Boy* de Richard Wright. Il savait qu'on se foutait de sa gueule. Mais lorsqu'il le prit, il se rendit compte qu'il tenait là une véritable bombe. Il le porta dans sa chambre, parce qu'il était ému et pour empêcher que le livre soit encore utilisé à des fins racistes.

Avec Richard Wright, il découvrit une prose qui lui parlait de lui. Il avait lu *Harlem ou la terre promise* de Claude Brown et *Un autre pays* de James Baldwin, mais Wright lui révéla l'existence de toute une littérature de l'ombre, d'une lignée d'écrivains qui avaient pris la plume, non pas pour distraire, mais pour briser les chaînes. Il évoluait à la limite de la Conscience. Le soir où Malcolm fut abattu, mon père et quelques soldats noirs étaient partis faire la fête en ville. Lorsque la nouvelle tomba à la radio, les passagers dans la voiture n'y prêtèrent aucune attention.

Silence, leur dit mon père. Vous n'avez pas entendu ce qu'on vient d'annoncer ? Malcolm est mort. Il y eut quelques regards affligés convenus, puis la conversation reprit, comme si elle n'avait été interrompue que par une bourrasque.

Un changement s'opérait en lui. Lorsqu'il était en permission, il s'arrêtait à chaque étal de livres et cherchait tout ce qui concernait son peuple. Il lut la biographie de Malcolm et, là aussi, retrouva certains aspects de son combat personnel. Peu à peu, il prenait conscience de sentiments que, comme nous tous, il avait longtemps refoulés : la sensation subtile et insistante de valoir moins que les autres. Il revint à Baldwin et au grand paradoxe qui le hanterait toujours : à quoi bon l'intégration quand la maison brûle ?

Il fut libéré de ses obligations militaires en 1967 et épousa Linda, en partie parce qu'il était amoureux, mais surtout faute de véritable projet. Les choses se gâtèrent dès l'instant où ils quittèrent le tribunal. Ils devaient retrouver la famille de mon père pour bavarder, rire et boire ensemble. Au milieu de la journée, Linda s'éclipsa, prétextant qu'elle faisait juste un saut chez sa mère. Sauf qu'elle ne revint pas. Mon père passa la soirée chez Mme Verla à supplier sa jeune épouse. Elle se laissa fléchir, mais ils se disputaient régulièrement. Ils désertaient le domicile conjugal chacun leur tour, et, entre deux querelles, faisaient des enfants.

À la naissance de leur deuxième fille, ma sœur Kris, de six ans mon aînée, mon père avait trouvé sa voie. D'une manière ou d'une autre, on est tous touchés par la grâce à un moment ou un autre. Une femme au foyer de Jersey City fait ses courses au supermarché, quand, soudain, fascinée par l'éclat d'une pomme, elle décide d'aller pratiquer des avortements au fin fond du Kansas. Un cadre moyen usé, qui s' était perdu dans l'alcool, entend un orgue et trouve la foi. Pendant un cours sur l'écrivain Nathaniel Hawthorne, un étudiant de deuxième année défoncé découvre que sa vocation est de rejoindre le Peace

Corps. Tous ceux qui vivent vraiment renaissent au moins une fois.

Depuis son enfance, mon père lisait constamment, mais sans véritable direction ni objectif précis. Baldwin, Wright et Malcolm furent les premiers jalons d'un chemin qu'il suivit jusqu'à se retrouver au cœur d'une forêt de livres noirs. Il avait une famille bouillonnante de vie, mais dès qu'il pouvait voler un moment de solitude, il étudiait le monde autour de lui, les répercussions des guerres, des émeutes et des assassinats. Cette nouvelle Connaissance était pour lui un moyen de définir des limites.

Lorsqu'il émergea pleinement Conscient de ces années de sommeil, il se rendit compte que tout était de guingois. Comme si le monde entier avait la gueule de bois. Sa perception de l'Amérique avait changé. Là où les autres s'extasiaient devant les élégantes colonnes, les prouesses techniques et les démocrates civilisés, il ne voyait que des déguisements dissimulant des présages de malheur. Il demeurait un esclave et partout autour de lui les Noirs ahanaient sous un joug invisible. Il ne pouvait plus parler comme avant. Tout lui paraissait corrompu. Il se retrouvait à des barbecues, se demandant comment, dans le monde de Medgar Evers*, on pouvait tranquillement boire des bières et passer des heures à disserter sur Earl Weaver et le dernier match des Baltimore Orioles.

Mon père travaillait pour United Airlines. Il déchargeait les bagages et nettoyait l'avion après le débarquement. Pendant les temps morts, il adopta le rituel de mon grand-père et se mit à lire les journaux laissés par les voyageurs qui venaient des quatre coins des États-Unis. Il connaissait à peine la Californie, pourtant, ce fut dans un article sur ce pays étranger qu'il trouva le modèle qu'il cherchait. Et ce modèle était armé.

La télévision a retenu de cette époque les églises incendiées, les barbares du Mississippi et les métayers noirs philosophes. Mais ce sont le Sud et le Christ qui ont inspiré tous ces récits édifiants. Mon père n'avait rien à voir avec tout cela. Il était issu de la métropole noire, foulait avec la multitude noire les Markoe Street de ce monde, où nous piétinions tous depuis trop longtemps. Il était de ceux qui croyaient que notre mal – une population paupérisée, souffrante, illettrée, mutilée, abrutie, plus éprouvée qu'aucune autre dans ce pays – n'était pas une tumeur à exciser, mais la preuve que le corps tout entier était tumeur, que l'Amérique n'était pas victime de la gangrène, mais qu'elle était la gangrène même. Mon père trouvait Gandhi absurde. En revanche, malgré les unes racoleuses, il se sentait plus proche de ces frères et sœurs d'Oakland qui ne dansaient pas, prônaient une autodéfense justifiée et se réclamaient de Frantz Fanon.

Sur la tête de John Brown*, mon père était subjugué. Désormais, il notait les horaires des vols en provenance de la côte Ouest. Après avoir nettoyé l'avion, il récupérait les journaux californiens et lisait tout ce qui concernait le Black Panther Party. Il finit par découvrir la section locale. Pour cela, il passa la soirée à boire des cocktails avec une jeune femme qui n'était pas Linda, mais qui prétendait faire partie du mouvement, et qui en guise de preuve lui indiqua l'adresse du bureau de Baltimore.

Il s'y présenta dès le lendemain, prêt à servir. Hélas, Hoover et le FBI avaient réussi à semer la paranoïa parmi les Black Panthers. Tout le monde était soupçonné d'être une taupe. Il y avait des purges. Et ils ne plaisantaient pas. On retrouva les cadavres d'informateurs supposés dans les bois de Leakin Park. Aussi, lorsque mon père débarqua bouillonnant de zèle révolutionnaire, on l'accueillit froidement. On voulut savoir comment il avait trouvé le bureau. Mais personne ne connaissait la fille qui l'avait renseigné.

On l'envoya suivre un cours d'éducation politique hebdomadaire, dont l'objectif était avant tout de repérer les agents infiltrés et les tarés, moins attirés par le matérialisme dialectique et le grand bond en avant que par l'éclat des armes et la perspective de faire des cartons sur des flics. La lutte n'était pas censée se résumer à la violence, ce qui convenait parfaitement à mon père, plus porté sur les livres que sur les flingues. Il écouta donc les autodidactes critiquer le capitalisme et les moyens de production. Il se taisait et il les écoutait analyser les conflits internationaux. Jusqu'au jour où la ligne directrice lui apparut clairement. Cette fois, on ne pouvait plus le faire taire. On ne pouvait plus le refuser.

Ici, il n'y avait ni béret ni chemise bleu ciel. Souvent, il n'y avait même pas d'arme. Au début, mon père fut le Black Panther qui n'en était pas un. On le nomma animateur de quartier, un statut juste au-dessus de celui de parasite, qui lui donnait le droit de dormir au siège avec les autres. Il se levait à cinq heures du matin, filait au centre Martin de Porres où il discutait avec les militants catholiques, puis se rendait à la cuisine. Les pancakes, le bacon et la bouillie de maïs étaient les piliers de la révolution. À sept heures, une foule de gamins pauvres débarquaient pour leur repas gratuit quotidien. L'après-midi, il étudiait en compagnie de ses camarades. Le soir, il travaillait à l'aéroport. Et le reste du temps, il était père de famille.

Cet arrangement bancal fonctionna tant bien que mal, jusqu'au jour où il se fit prendre avec un chargement d'armes. Il perdit son emploi. Les journaux publièrent son nom et son adresse. Il appela Linda qui lui raccrocha au nez. Ce geste consomma sa rupture avec les contingences matérielles. Il se sentit libéré de ce monde frivole, qui était de toute manière voué à disparaître. Il décida de se consacrer à plein temps à l'insurrection et trouva sa place dans le grand changement qui gagnait peu à peu la ville.

Mon père s'éleva au sein de la hiérarchie des Panthers, décimée par les arrestations, les fuites clandestines et la bêtise. C'est ainsi qu'il fut promu responsable de la défense du Maryland et chef de la section locale de Baltimore. Mais il ne planifia aucun soulèvement, refusant les gestes de bravoure suicidaires qui attiraient tant de jeunes hommes de son âge. La survie avant tout. Même si l'on n'était jamais à l'abri d'une descente policière ou d'agents infiltrés, c'était un problème secondaire. On lui avait confié une communauté et, le matin à son réveil, ses premières pensées allaient au fioul, à l'électricité, à l'eau, au loyer et aux vivres. Alors, il s'adressait à son bras droit Reginald Howard, qui, quand il ne travaillait pas pour les Panthers, était employé aux aciéries Bethlehem Steel :

— Howard, disait-il, nous n'avons plus d'argent.

Officiellement, Howard s'occupait de la livraison et de la diffusion des journaux du mouvement, une source de revenus essentielle pour toutes les sections locales. C'était un vendeur forcené, le genre à profiter du changement d'équipes à l'usine pour écouler ses feuilles de chou. Mon père le chargeait de parlementer avec les épiciers du quartier. Howard insistait sur le nombre de gamins nourris par les Black Panthers, les chaussures distribuées gratuitement, le dépistage de la drépanocytose chez les mères de famille.

Puis il y avait les doléances de la population. Les gens arrivaient tôt le matin, attirés par la réputation de l'organisation ou envoyés par des services municipaux débordés. Tous avaient besoin d'aide. L'un avait été harcelé par des Blancs à East Baltimore. Une femme dont le mari avait été arrêté n'avait pas les moyens de payer un avocat. Un autre avait été expulsé et se retrouvait à la rue.

Il fallait aussi gérer les troupes de la révolution. Ce n'était pas un mouvement de hippies. On y trouvait de tout : des étudiants bourgeois et des mères adolescentes, des plombiers et des enseignants. En revanche, les guérilleros chéris des foules venaient souvent des bas-fonds. C'était l'armée des ressuscités : des coupe-jarrets, des violeurs, des brigands et des assassins, qui dans leur incarnation précédente suçaient le sang de leur propre peuple. À présent qu'ils étaient Conscients, ils avaient retourné leurs armes contre le système. Mais la métamorphose était plus ou moins complète selon les cas. Si certains étaient aussi sincères que Malcolm à sa sortie de prison, d'autres cherchaient simplement un exutoire à leurs pulsions.

À Washington, John Edgar Hoover redoublait d'ardeur. Tout finirait par être révélé au grand jour : des tonnes de dossiers divulguant que le FBI avait provoqué des dissensions au sein de l'organisation, falsifié des preuves et poussé les troupes à des actes suicidaires. En attendant, il suffisait d'ouvrir les yeux pour voir ce qui se passait. À travers le pays, des policiers munis d'autorisations et de renseignements dont ils n'étaient pas censés disposer défonçaient des portes à l'heure idéale. Fred Hampton, un leader charismatique, fut assassiné chez lui. Bobby Seale, l'un des fondateurs du mouvement, fut arrêté et bâillonné. Eldridge Cleaver* avait quitté les États-Unis. Bientôt, ce serait George Jackson*, abattu à la prison de San Quentin, et la mutinerie des détenus d'Attica*.

À Baltimore, c'était comme ailleurs. Parmi les affaires dont mon père hérita, il y avait les nombreux membres du parti sous les verrous. Il se pencha notamment sur le cas d'Eddie Conway, accusé d'avoir assassiné un policier. Les preuves étaient plus que minces : un mouchard derrière les barreaux et un policier qui prétendait avoir aperçu son visage pendant quelques secondes en pleine nuit. Mais ce genre de détail n'intéressait que de loin les cadres des Panthers. Obnubilés par l'aspect romantique de la lutte et la théologie révolutionnaire, ils oubliaient l'individu au profit du symbole.

La direction envoya des ordres à mon père. Conway devait refuser de se prêter à cette mascarade et dénoncer un système judiciaire corrompu, des flics au juge plein de suffisance. Ils étaient convaincus que le jury ne serait pas dupe de cette parodie de justice. Mais les Black Panthers avaient tendance à s'enivrer de grands discours et ne se montraient pas toujours à la hauteur de leurs ambitions. Les frères de l'Ouest lui avaient promis des ténors du barreau : Charles Garry et William Kunstler. Pour finir, on donna à l'accusé un avocat commis d'office qui discuta avec lui pendant une heure avant le procès. Et Conway – frère Eddie, ainsi qu'on l'appelait à la maison – écopa de la réclusion à perpétuité. Son passage chez les Black Panthers laisserait à mon père de nombreux regrets, cependant, cette affaire resterait celle qui pèserait le plus douloureusement sur sa conscience.

À travers le pays, des membres de l'organisation se dévouaient à leurs camarades et à la communauté. C'était ce qu'on leur demandait de faire. Puis, en 1972, ils reçurent l'ordre de tout arrêter. Le mouvement était déchiré par de ridicules dissensions idéologiques. On se disputait afin de savoir qui était réellement prêt pour la lutte armée. Eldridge Cleaver s'allia avec la section de New York et la suite tourna à la guerre des gangs. Des Black Panthers s'entre-tuèrent. Il y eut le rebelle Robert Webb, puis le loyaliste Sam Napier, dont on retrouva le corps à New York. Il avait été ligoté, bâillonné et abattu d'une balle avant d'être brûlé. Quelques semaines plus tôt, mon père était avec lui, et ils avaient échappé de peu à la justice de la faction new-yorkaise. On convoqua mon père au siège californien. Ce qu'il vit là-bas le laissa et continue de le laisser perplexe. C'est à cette même époque que la vérité lui apparut : le monde ne changerait pas.

En Californie, on l'informa qu'Oakland était le seul front important et que la guerre pour le contrôle des magasins de spiritueux était ce qui leur permettrait de construire un monde nouveau. On allait fermer toutes les sections locales. Tant pis pour Eddie Conway et les autres membres qui avaient joué le jeu et se retrouvaient derrière les barreaux. Les quartiers où les Black Panthers fournissaient des chaussures, des médecins, des petits déjeuners et des avocats n'avaient plus qu'à retourner à leur misère. Mon père bouillonnait. Sans compter qu'il avait ses enfants, cinq à présent, qui l'attendaient à Baltimore. Il craqua. Il fut accusé d'indiscipline et assigné à résidence. Il emprunta de l'argent à des parents et à des amis, et rentra par le premier avion.

Cette histoire aurait pu très mal finir. Ce qu'il dut affronter – les mères et les grands-parents excédés, les arriérés d'impôts et les nouvelles dettes – n'était rien à côté de l'abîme qui avait englouti les autres. Bien que partisan de la révolution, mon père était parfaitement capable de s'adapter au monde tel qu'il était. C'était un intellectuel né parmi des gens qui ne considéraient pas un campus comme une fin en soi.

Il pensait que son pays était profondément corrompu, mais il était plus souple qu'il ne l'imaginait. Ses camarades étaient moins bien pourvus. Il ne s'agissait pas seulement des chaînes de la race. Ils s'étaient jetés à corps perdu dans cette révolution, car la véritable révolution, celle qui finirait par l'emporter – avec son automatisation, sa doctrine du rendement et des biens de consommation – n'avait rien à leur offrir. Seule la destruction radicale pouvait les sauver. Il n'y a qu'à voir comment ils périrent, prêts à tout pour un peu de crack ou rongés par le sida. Les plus chanceux tombèrent honorablement sous les balles.

Je suis arrivé des années plus tard : après la Chute, après la terrible prise de conscience que la révolution avait fait long feu et viré à la bacchanale. Ne restaient que le racket et le cabotinage de starlettes et de play-boys qui jouaient à se faire peur. Mon père et beaucoup de ses camarades de Baltimore avaient quitté l'organisation. Les dernières heures des Black Panthers furent pitoyables. Ils rançonnaient les magasins d'alcool, faisaient la manche à Berkeley à côté des sans-abri blancs et financèrent une boîte de nuit. Mon père fut frappé d'anathème parce qu'il était parti. On ordonna à Patsy de lui interdire de voir son fils Jonathan. Il écrivit au comité central, mais n'obtint pas de réponse.

Il était tiraillé entre une certaine vision du socialisme et la conscience qu'on ne pouvait pas faire bouger les gens sans le capital. Malgré tout, il quitta les Black Panthers avec un système de croyances fondamental, une religion qu'il transmettrait à ses enfants. Il boycottait Noël et abjurait la fête nationale du 4-Juillet. Un jour, avec un groupe de frères et de sœurs, il fit le serment de jeûner pour Thanksgiving en protestation contre le traitement des détenus à la prison d'Attica, les Indiens et la gloutonnerie de Satan. Au fil des ans, les autres décrochèrent, mais il tint bon.

À présent qu'il avait quitté le mouvement, il repensait à la grande époque des Black Panthers et à son vieil ami Walter Lively, qui comme lui était jeune, noir et originaire de Philadelphie. Mais Lively était aussi un animal politique, capable d'actionner les leviers du pouvoir pour faire avancer les choses. Il avait une personnalité incroyable. Il fut élu au conseil municipal à vingt-cinq ans sous l'étiquette républicaine. Il avait dégotté une ferme au fin fond de la Pennsylvanie où mon père pouvait planquer des Panthers en fuite. Mais Lively avait également imaginé un véritable appareil de propagande. C'était ce qui intéressait mon père : une entreprise verticalement intégrée qui imprimerait, publierait et distribuerait la Conscience au peuple. Son ami avait réuni presque tout l'équipement nécessaire, lorsqu'il délaissa ce projet pour un autre.

Mon père reprit l'idée à son compte. Les Black Panthers avaient étudié Kim II-sung et sa parabole du Héros. On racontait qu'au moment de l'invasion japonaise, tous les hommes sortirent leur fusil, mais le Héros brandit une machine à polycopier. Une balle pouvait éliminer un ennemi, une grenade en tuer quelques-uns, en revanche, la machine à polycopier pouvait toucher le cœur et l'esprit de milliers d'entre eux, et faire naître encore plus d'alliés. Mon père conçut donc un projet révolutionnaire sur le modèle tripartite de Walter Lively – librairie, imprimerie, maison d'édition – qui donnerait au peuple le contrôle de l'information.

Il enrôla plusieurs combattants déçus. C'était un mélange de partisans du nationalisme culturel noir, de syndicalistes militants et d'insoumis à peine libérés de la prison militaire. Ils ne formaient pas un groupe soudé. Ils se disputaient au sujet de l'inter-communalisme de Huey Newton et de la dialectique. Ils se disputaient au sujet de la classe ouvrière et de la définition de la petite bourgeoisie. Ils finirent par se séparer. Mon père et Reginald Howard, son ancien bras droit au temps des Black Panthers, poursuivirent la route ensemble. Ils mirent au point leur appareil de propagande, qu'ils baptisèrent le George Jackson Prison Movement. George Jackson était le détenu érudit et membre des Black Panthers qui avait prédit les ghettos entourés de barbelés et l'introduction clandestine de lance-roquettes à Watts*. Jackson avait pris Angela Davis pour amante spirituelle, publié deux livres de réflexion sur la prochaine révolution et avait été érigé en martyr après avoir été abattu à la prison de San Quentin, parce qu'on le soupçonnait de dissimuler une arme dans son afro. Le George Jackson Movement acquit un pas-de-porte dans Pennsylvania Avenue. Mon père et frère Howard le retapèrent et le repeignirent. Ils ouvrirent un cabaret, où ils passaient de la musique, servaient à manger et acceptaient les dons de livres, qui constituèrent le fonds initial de la librairie. Ils envoyèrent aux frères emprisonnés des ouvrages que certains d'entre eux échangèrent contre des cigarettes.

On était en 1973. Ma mère vivait encore sous le toit familial, dans Penhurst Avenue. Ma grand-mère était originaire de l'Eastern Shore du Maryland. Son mari parti, elle avait élevé seule ses enfants dans un quartier difficile. Aujourd'hui, elle était propriétaire de sa maison. Ma mère était la petite dernière. Elle venait de quitter l'université et enseignait à Baltimore. Comme ses sœurs, elle était censée se couler dans le moule confortable de la classe moyenne. Si elle avait suivi leurs traces, je m'appellerais peut-être Otha ou Ray. Je jouerais au foot, fêterais Noël et serais scout. C'était une famille noire à l'ancienne, des gens dignes qui vénéraient Dieu, respectaient la patrie et croyaient à la vertu du travail. Mon père ne représentait pas un détour pour eux, ni même un virage à quatre-vingt-dix degrés. Il vivait carrément dans un univers parallèle – imaginez Stormshadow et Spirit dans *G.I. Joe* –, avec des valeurs similaires mais servant d'autres fins.

Ma mère avait deux sœurs. L'aînée, Ava, était censée être la plus intelligente. La cadette, Jo-Ann, était une ravissante jeune femme à la peau brune. Ma mère cherchait sa place. Elle était maigre, portait des lunettes à verres épais, avait des cheveux impossibles et les dents du bonheur. Elle redoubla son CE2 et n'apprit à lire qu'à neuf ans. Les enfants du quartier la taquinaient et riaient sur son passage. Elle était plus vive avec ses poings qu'avec sa langue. Ses tantes lui conseillèrent de miser sur sa personnalité. Et elles n'avaient pas tort. C'était une dure à cuire, cependant, elle était également charismatique et adorait divertir ses proches. Et c'était une danseuse magnifique. Un jour qu'elle dansait le twist dans le magasin de disques de son oncle Otha, un esquimau à la main, elle se démena tant que la glace s'envola du bâtonnet.

Elle avait grandi dans le ghetto. Les Blancs étaient absents, des êtres abstraits, objets de vaines conjectures. Elle se souvenait surtout de l'assassinat de Martin Luther King parce que les émeutes avaient interrompu le bal de fin d'année quand elle était au lycée. Malgré tout, elle se rendait compte que quelque chose ne tournait pas rond et, en dépit de son aliénation, cela la travaillait. Elle cessa de martyriser ses cheveux dès l'adolescence et ne refit de permanente que pour le mariage de sa sœur, et encore, uniquement pour apaiser ma grand-mère qui menaçait de ne pas l'inviter. À la fac, elle fut arrêtée parce qu'elle manifestait. Elle avait des posters des Black Panthers dans sa chambre universitaire.

Elle rencontra brièvement mon père une première fois, à l'occasion d'une collecte d'habits pour les Panthers. Puis une deuxième, lorsque sa meilleure amie lui proposa d'aller au George Jackson Prison Movement. Elle y revint pour étudier, comme tant d'autres. Mon père n'avait rien d'un séducteur romantique. Il portait des vêtements bon marché. Aucun peigne ne parvenait à dompter ses cheveux. Il avait cinq enfants que l'on croisait souvent dans la librairie. Ses chaussures étaient éculées. Il avait plusieurs maîtresses. Mais il respirait l'intelligence. Bien qu'il n'eût jamais terminé le lycée, il était capable de penser d'une manière qui dépassait ceux qui avaient poursuivi leurs études. Il aida ma mère à avoir un A à son mémoire. Il clamait que le peuple avait besoin de livres et il lui en fournissait. Il organisait des activités, des fêtes sur le thème de la famille ou de la littérature jeunesse. Ses enfants l'accompagnaient partout. Ses maîtresses travaillaient avec lui.

À cette époque, Linda l'avait déjà mis dehors. Il avait dressé une cloison à l'arrière de la librairie et il vécut là pendant plusieurs mois. Ma mère venait aux fêtes et aux débats, le taquinait parce qu'il était sans abri. Elle était amoureuse d'un jeune homme qui avait fait de la prison. Elle lui offrit un exemplaire dédicacé de *Black Man of the Nile*, de Yosef Ben-Jochannan, l'un des ouvrages conseillés par mon père. Le livre n'eut pas l'effet escompté. Au lieu de reprendre le flambeau de ses ancêtres, son bien-aimé dévalisa une église. Ma mère était enceinte. Il lui téléphona :

— Cheryl, le fric est planqué chez moi, dans ma chambre. Apporte-le à mon avocat, s'il te plaît.

Ma mère alla chercher l'argent, prit ce dont elle avait besoin pour avorter et donna le reste à l'avocat. Elle ne répondit plus à aucun de ses appels.

Lorsqu'elle revint à la librairie, elle était seule. Elle avait obtenu son diplôme et elle enseignait. Elle avait acheté une Coccinelle orange.

Mon père : Quand est-ce que tu m'emmènes faire un tour en voiture ?

Ma mère : Allons-y.

Mon père n'était pas très au fait des usages en matière de séduction. Aucune femme ayant eu affaire à lui ne se souvient d'un véritable rendez-vous galant. Ce n'est ni par mesquinerie ni par manque de passion, mais parce qu'il était abrupt et allait droit au but. Même parmi les frères Conscients, il était à part. Il portait rarement le *dashiki*, la tunique colorée d'Afrique de l'Ouest. Son afro était modeste. Il n'allumait pas de bougies pour Kwanzaa*. C'était un autre monde pour ma mère. Il préparait des haricots noirs sans viande. Il achetait du poisson frit chez Ray's Seafood, près de North Avenue et Smallwood Street, et l'arrosait d'une telle quantité de sauce pimentée qu'elle en avait les larmes aux yeux. Elle passait après la fermeture de la librairie et trouvait mon père à l'arrière, partageant une flasque de Jack Daniel's avec Howard.

Il ne voulait pas entendre parler d'enfant, mais, lorsqu'elle le voyait, elle pensait rédemption. Il avait toujours Bill, Kelly, Malik ou un autre gamin pendu à son cou et il les aimait tous tendrement. Un jour qu'ils se rendaient en voiture quelque part, elle aborda le sujet. Elle se montra ferme et directe. Mon père gara la Coccinelle sur le bas-côté.

Mon père : Cheryl, je ne peux pas avoir d'autres enfants. J'en ai déjà cinq. J'arrive à peine à les nourrir.

Ma mère : Tu en as cinq, mais je n'en ai pas. Et je ne te demande pas de subvenir à leurs besoins. Ça, j'en fais mon affaire. Ce dont j'ai besoin, c'est d'un homme. Et je pense que tu es un père merveilleux. Je pense que tu élèves des enfants magnifiques.

L'ego de mon père enfla à ces mots. Cette conversation eut lieu au cours de l'hiver 1974. Je naquis à l'automne 1975. Il avait vingt-neuf ans, ma mère vingt-quatre. Il avait évolué et cette fois il assista à l'accouchement. Nous habitions alors une maison mitoyenne délabrée de Park Heights Avenue. Les rats s'enfuyaient par la grille d'égout. Ils déménagèrent un peu plus loin dans la rue. Le loyer était de quarante et un dollars par semaine et mon père n'arrivait pas à joindre les deux bouts.

La vie de révolutionnaire ne rapportait guère. Il reprit ses études presque malgré lui. Le département des anciens combattants promettait des aides proportionnelles au nombre d'enfants à charge s'il allait à l'université. Il s'inscrivit à Antioch College, dans l'Ohio, uniquement pour les chèques et sans aucune intention de passer les examens. Mais, à force de voir des étudiants arrivés après lui repartir avec un diplôme, il commença à s'interroger. Il avait trente ans, un âge qu'il n'avait jamais espéré atteindre, et se rendait compte qu'il ne pouvait pas continuer ainsi.

J'avais trois ans lorsqu'il obtint sa licence et partit faire son master à l'université d'Atlanta. Il revint et décrocha son premier emploi qualifié à la bibliothèque de la Mecque. À l'époque, il avait revu à la baisse son grand projet d'intégration verticale afin de se concentrer sur l'aspect qui le fascinait le plus. Il avait publié ses premiers livres un peu avant Atlanta. À présent, il déterrait les travaux oubliés de chercheurs noirs et les ressuscitait, restaurant leur splendeur passée.

Chez les Conscients, on ne lisait jamais assez. Chaque page était un pas supplémentaire vers l'éveil, et il n'était pas rare de surprendre une conversation constituée uniquement de notes bibliographiques.

Du temps de la librairie, mon père se retrouvait souvent derrière le comptoir, à subir l'interrogatoire zélé d'un nouveau converti qui n'avait rien de mieux à faire que d'aller à l'école.

Client Conscient : Vous avez lu l'article de J.A. Rogers intitulé « Hitler and the Negro » ? Est-ce que vous avez *100 Amazing Facts about the Negro* ?

Mon père : Au fond du magasin.

Client Conscient : Ah oui, je vois que vous l'avez. Et *As Nature Leads* ?

Mon père : Non.

Client Conscient : C'est le problème des librairies noires. On n'a jamais assez de J. A., mon frère.

Mon père : Oui, oui. Hum.

Client Conscient : Parce que ces livres sont épuisés. Et vous savez ce que ça veut dire ? L'homme blanc ne veut pas qu'on les voie. Il ne veut pas que ces textes soient accessibles.

Mon père n'était pas du genre à faire les choses à moitié. Il laissait les autres parler et se plaindre : lui fouillait parmi les piles de la bibliothèque et exhumait des ouvrages qui étudiaient le monde de notre point de vue. Suivant la piste des notes bibliographiques, il se retrouva bientôt au cœur d'une forêt de romans et d'essais noirs. Les titres couvraient un large éventail de thèmes, allant de l'Éthiopie au lynchage, en passant par les mémoires du cow-boy Nat Love.

Il commença au sous-sol de la maison de Park Heights, avec une presse à platine et quatre traités arrachés à l'oubli. On était à présent en 1978. La magie n'était plus la même. Les Black Panthers étaient une grande aventure romanesque : la violence et le sexe pour dynamiter les vieux modèles, déboulonner la Donna Reed de *La vie est belle* et se taper la Pam Grier de *Foxy Brown*. Lorsque mon père se lança dans la publication, il revint au mariage et tourna le dos à la révolution. L'histoire changerait, non pas d'un seul coup, mais grâce à un lent éveil.

Enfant, je n'avais pas conscience de ce qui nous séparait des autres. Lorsque j'avais six ans, nous emménageâmes dans Barrington Road. La maison était magnifique, le quartier une île dans le ciel. Il y avait des fenêtres partout, chacune avec une vue différente et merveilleuse. Une large véranda de bois qui partait de la porte formait un grand L autour de la maison. Quand il pleuvait, je m'asseyais dehors et je comptais les secondes entre le grondement du tonnerre et l'éclair. Au grenier, je faisais rouler des trains à travers de vertes montagnes de mousse et j'imaginais des arrêts dans des petites villes endormies, très loin au nord.

Je m'entendais bien avec mon grand frère Malik. Nous avions trois ans d'écart et un goût commun pour les mondes parallèles. C'était de lui que j'étais le plus proche par l'âge et les dispositions. Le week-end, allongés par terre devant le poêle à bois du salon, nous jouions à *Donjons et Dragons* : *L'île de la Terreur* ou *En quête de l'inconnu*. Lorsque je tenais les dés polyèdres, leurs multiples faces étaient autant d'avenirs possibles, des éclats d'autres univers où les Méduse dardaient leur regard pétrifiant, où mon marteau de guerre se brisait contre la pierre. J'étais jeune, joufflu et encore tout sourire. Ma peau brune était lisse. Je contemplais le monde avec des yeux aussi grands que mon prénom. Mes cheveux coupés par mon père n'avaient aucun style. La vie offrait autant de choix que les dés émeraude achetés au mythique magasin de *comics* de Steve Geppi.

Ma mère prédisait qu'un jour je serais capable de voler. Elle ne croyait pas si bien dire. Les papiers étalés par terre autour de moi parlaient de sagesse, de jets de sauvegarde et de sorts. Ils étaient vivants. Ils déroulaient des parchemins et connaissaient des formules pour réveiller les morts. Ils étaient maudits par des épées intelligentes qui avaient soif du sang des elfes. Ils s'adressaient à Pégase dans une langue ancienne, puis s'élevaient dans les airs, survolant des vertes collines, des pics enneigés, des marécages dévastés par la peste et les espoirs défunts. Ils étaient honorés jusqu'aux confins de Kara-Tur, Fauconгris et Krynn.

Que savais-je des gamins blancs satanistes, des idiots qui transposaient les jeux de rôles dans des tunnels de chauffage urbain, de Patricia Pulling et de sa croisade contre les méfaits supposés de *Donjons et Dragons* ? J'emmerde les dichotomies imbéciles. Les gens peuvent en conclure ce qu'ils veulent, mais, déjà à cette époque, *Lancedragon* et la robe noire de Raistlin me faisaient autant rêver que la virtuosité d'un footballeur comme Tony Dorsett. À travers la Connaissance de Soi, mon père s'efforçait de nous montrer que nous étions plus que ce que l'Amérique voulait faire de nous, il voulait nous ouvrir les yeux sur la mort cérébrale qui se propageait des cités aux lotissements pavillonnaires. La Conscience était un début, mais l'imagination capable de changer des jeunes de dix-huit ans en paladins cuirassés, de faire apparaître des tunnels sur une feuille de papier quadrillé, de transformer des figurines en armées de gnolls : voilà la Connaissance qui finalement en résulterait.

Mon père s'était voué à la réhabilitation de l'histoire noire, mais le doctrinaire avait le goût du risque. Il s'essaya à la joaillerie, jusqu'à ce que le cadmium manque de le tuer. Derrière chez nous, dans Barrington Road, il avait installé une ruche à cadres amovibles. Le week-end, on les voyait, frère Howard et lui, astronautes en combinaison et masque blanc, revenir avec des rayons de miel. Big Bill mâchait la cire comme du tabac à chiquer. Le miel brut me rendait malade. Une fois, un bourdon piqua ma mère et mon père prétendait en riant que c'était l'origine de Menelik, né au début de l'année suivante.

À cet âge, avoir six frères et sœurs était le plus beau des cadeaux. Menelik et moi étions les seuls résidents permanents de Barrington Road. Mais le week-end – et quand Patsy, Selah ou Linda était malade –, les uns ou les autres débarquaient, et avec eux tout un monde. Ma sœur Kris qui apportait des cartons de cassettes qu'elle avait enregistrées me fit découvrir New Edition et plus tard Big Daddy Kane. Bill bourrait de chaussettes une taie d'oreiller pour faire un ballon ovale et, à genoux, nous nous jetions l'un sur l'autre jusqu'à ce que l'un des deux s'écrase par terre.

Rien ne valait les week-ends où toute la tribu arrivait le vendredi soir. Je me retrouvais toujours avec la couverture qui grattait. J'étais trop jeune pour me défendre. Le samedi, mon père préparait sa pâte à pancakes – il n'utilisait jamais de mélange tout prêt –, puis sortait du frigo une bouteille de sirop de canne Alaga qu'il mettait dans une casserole d'eau bouillante afin de le fluidifier. Il allumait son vieux gril noir et je le regardais faire. Il aimait faire des expériences : une fois, il versa une boîte de maïs dans la pâte. Ou alors, il remplaçait le lait par du *cottage cheese*. Après, toute la famille s'entassait dans la cuisine pour engloutir des pancakes par pile de trois. Quand j'en réclamais encore, mon père me répondait que j'avais plus grands yeux que grand ventre.

À midi, nous étions dehors sur la pelouse. Il sortait son appareil photo d'occasion, qui pendait à son cou au bout d'une longue sangle noire. Nous la redoutions tous, car il s'en servait à l'occasion pour nous apprendre à vivre et nous mettre du plomb dans la cervelle. Sous la houlette de ma mère, nous formions une pyramide gloussante, avec Menelik juché au sommet. Papa nous mitraillait jusqu'à ce que Kelly, John ou Kris – l'un de ceux à la base – se lasse et secoue l'édifice. Nous dégringolions alors dans l'herbe, comme des clowns sortant pêle-mêle d'une voiture aux couleurs de l'arc-en-ciel, en trébuchant et hilares. Ma mère reculait, Menelik dans ses bras. Et pendant ce temps mon père ne cessait d'appuyer sur le déclencheur pour préserver ces moments dans l'ambre.

Le dimanche soir, il ne restait que Menelik et moi, de nouveau seuls, et je me sentais un peu perdu dans cette grande maison pleine de portes et d'escaliers. Le lundi matin, j'avalais mon bol de Chex, fourrais mon casse-croûte dans mon sac et me dirigeais vers Ayrdale Avenue. Je m'arrêtais chez Butch et posais quatre nickels sur le comptoir, de quoi acheter dix caramels Squirrel Nuts et dix biscuits au citron. Arrivé à Callaway Elementary, j'attendais devant l'école, dans l'espoir d'apercevoir Terry aux grands yeux ou sa mère. Ma grand-mère vivait à quelques rues de là, dans Penhurst Avenue. La journée, elle prenait sa grosse voiture blanche pour se rendre du côté de Reisterstown, une banlieue résidentielle, où elle s'occupait d'adultes blancs qui savaient à peine écrire leur nom. Parfois, je passais la voir après les cours et je me souviendrai toujours de son sourire quand elle me disait « Mon garçon, tu ne vaux pas tripette », avant de me préparer une assiette de frites.

Tous les élèves de ma classe étaient doués. Mais, deux fois par jour, Mme Rhone en sélectionnait cinq ou six qu'elle emmenait dans une salle avec un aquarium, des tables marron et des murs bleu océan. Nous nous occupions d'un bernard-l'hermite et nous apprenions que tous les animaux, y compris l'être humain, avaient un habitat. Nos devoirs étaient toujours étranges et les questions ouvertes. Nous faisions des dioramas animés qui racontaient des histoires et fabriquions des créatures de papier mâché.

Nous devions proposer une équipe pour les Jeux olympiques du cerveau. Lorsque nous nous entraînions, Mme Rhone nous passait la *Danse macabre*, et les instruments à cordes tintaient et grinçaient comme une multitude d'éclats de glace s'entrechoquant. Puis elle nous demandait de méditer sur la couleur bleue et faisait le tour de la classe, distribuant des points aux réponses les plus fantaisistes. La compétition se tint dans une université voisine. Nous perdîmes devant une équipe composée d'enfants blancs qui semblaient capables de répondre à toutes les questions les yeux fermés. Je rêvais de prendre ma revanche, mais je n'en eus pas l'occasion. À la fin de l'année, mes parents me retirèrent de l'établissement, car j'avais de mauvaises notes dans toutes les matières importantes. Après cela, je cessai de m'intéresser à l'école.

Mon père décréta que nous devions quitter l'île dans le ciel pour une série de raisons qui me paraissaient incompréhensibles. Le fuel disparaissait trop vite. Le sous-sol était constamment inondé. La nouvelle barrière de M. Wilder empiétait sur notre jardin.

Mes parents vendirent la maison et louèrent pendant quelque temps à Edmondson Village avant de s'installer dans Tioga Parkway. On était en 1984. J'avais grandi. À présent, je jouais au football américain. J'avais troqué mon encyclopédie *World Book* et ma collection de magazines animaliers *Ranger Rick* contre *Compute !'s Gazette*. Je recopiais des programmes en BASIC qui prédisaient le résultat des élections et faisaient pleuvoir des montgolfières de toutes les couleurs sur l'écran. La parenthèse à Edmondson Village dura environ un an.

À notre retour à West Baltimore, tout avait changé : des rues dévastées, des regards morts partout, des gamins qui tombaient par centaines chaque année, tués par balle, à coups de briques ou par quelque autre moyen infâme. Ni Bill ni moi n'aurions su mettre de mots dessus, mais nous le sentions, quand nous allions faire des courses à deux pas et que la peur tintait comme la monnaie au fond de nos poches. Mon père répondait au radicalisme de l'époque par un radicalisme plus grand encore, à la limite de l'irrationnel. Ainsi, il refusait d'acheter un climatiseur sous prétexte que le zen était le meilleur remède contre les étés moites de Baltimore :

— Allons, mon garçon, la chaleur est dans ta tête.

Il installa plusieurs ventilateurs, certains avec des cages de plastique blanc pivotant sur leur axe, d'autres munis de deux hélices capables de tourner chacune dans un sens. Mais ils ne parvenaient qu'à brasser l'air brûlant plus efficacement. Il ne désespérait pas de m'intéresser à sa maison d'édition. Il voyait en moi une bonne recrue potentielle. Si ses harangues politiques me passaient toujours au-dessus de la tête, personne ne lisait autant que moi à la maison. Je dévorais tout ce qui me tombait sous la main, quel que soit le sujet : les dauphins ou les orques, les volcans ou la vie extra-terrestre, la robotique ou les dieux de la Rome antique. Seulement, je lisais pour m'évader et la littérature recommandée par mon père ne faisait qu'attester du cauchemar autour de nous. Les textes dédiés à la Connaissance de Soi s'empilaient donc à côté de mon lit, inachevés.

Mais mon père ne se décourageait pas. Il me confiait les tâches les plus ennuyeuses et les plus monotones. Dans le garage derrière chez nous s'entassaient des cartons de publications de Black Classic Press. J'étais chargé de glisser une carte dans chaque livre, le but étant que toutes ces bouteilles à la mer envoyées de par le monde nous reviennent avec une demande de catalogue et que, pour finir, on nous achète des ouvrages. Le week-end, quand j'avais de la chance, je parvenais à regarder le catch à la télé toute la matinée, me complaisant dans une oisiveté obstinée. Puis, mon père qui était au travail depuis sept heures surgissait sur le coup de midi et m'envoyait au garage. Je rêvais du jour où j'aurais épuisé le stock et garni tous les livres. Mais, chaque semaine, de nouveaux cartons apparaissaient. Pour ce service, je touchais le salaire Paul Coates : un dollar de l'heure, et je pouvais m'estimer heureux. Une fois, je risquai une protestation :

Moi : Ce n'est même pas le salaire minimum.

Mon père : Fils, ce sont ces livres qui remplissent ton assiette. Ton salaire minimum, c'est la chemise sur ton dos.

Ce n'était pas vrai. La maison d'édition ne rapportait rien. En fait, elle nous ôtait plutôt la nourriture de la bouche. Elle engloutissait le peu d'argent qu'il restait une fois l'essentiel acheté. Pourtant, d'une certaine manière, il avait raison. Black Classic Press – tout comme Lemmel, les livres qu'il laissait volontairement traîner un peu partout et Upward Bound – était l'un des outils employés par mon père pour nous façonner à l'image de ses valeurs et nous sauver.

Mais, le soir dans mon lit, j'ourdissais des plans pour échapper à son emprise. J'envisageais de l'accuser de maltraitances (dont ces travaux forcés faisaient clairement partie). J'imaginais des allumettes jetées au milieu des cartons, un feu de joie libérateur. J'enjolivais la vie de fugueur. Je me voyais dans des gares routières accueillantes en compagnie d'ivrognes amicaux, sillonnant l'Amérique à bord de trains de marchandises, ou encore squatteur dans un grand magasin, parmi des mannequins qui s'animaient aussitôt les portes fermées. Mais ces projets ne franchirent jamais les limites de l'espace mental magique que les enfants réservent aux coups de chance inespérés et à la semaine des quatre jeudis. En attendant, mon père, ce despote éclairé, continuait de me persécuter.

La véritable résistance était menée par Big Bill, celui qui m'initiait à toutes les expériences illicites et dangereuses censées jalonner la vie d'un jeune garçon. Un jour en rentrant de l'école, je trouvai Dante, Jay et Bill réunis autour de la table du salon, des bouteilles plus ou moins entamées contenant des liquides de couleur vive devant eux.

Moi : Salut, qu'est-ce que vous fabriquez ?

Eux :... (*Yeux vitreux, regards vides, bafouillis incompréhensibles*.)

Moi : (*Filant à la cuisine sans demander mon reste*.) OK, OK...

Eux : (*Me regardant, morts de rire*) Mad Dog, Mad Dog, Mad Dog, MAD DOG[1] !

Bill se leva et remplit à moitié un gobelet en plastique qu'il me tendit. J'étais prêt à tout pour être considéré comme un homme et avoir le droit de choquer le poing avec eux. Alors, je m'emparai du gobelet et le vidai cul sec. Un goût de boisson fruitée chimique et pimentée. Applaudissements généraux.

Mais, plus importants que ces actes de rébellion mineurs, il y avait le nouvel argot que Bill rapportait pour nous aider à tolérer la dictature paternelle. Eazy-E n'avait pas encore déjeuné avec George Bush et, sur les ondes, on pouvait encore

---

1. Mad dog (chien fou) : nom donné au MD 20/20, un vin doux bon marché parfumé aux arômes artificiels de fruits, apprécié des adolescents.

gagner de l'argent en se vantant de ne pas passer de rap. Dans le Nord, cette musique était devenue un hymne régional, diffusé dans tous les ghettos. Mais chez nous, on ne mettait pas la radio avant que tous les réverbères soient allumés.

Certains d'entre vous étaient là au bon moment. Étendu sur le lit d'un pote, tu débattais des derniers matchs des Baltimore's Orioles, lançant en l'air une balle de tennis. Au volant de la Cressida bleue de ta mère, tu roulais dans Dolfield Avenue avec tes potes et tu montrais Charmaine par la fenêtre, prétendant que tu te l'étais faite. Au sous-sol chez ton cousin, la main sur le joystick, tu te demandais qui avait osé appeler « Double Dragon » cette vulgaire imitation qui n'était pas foutue de proposer un mode pour deux joueurs digne de ce nom. Et soudain, l'instant magique. Quelqu'un mettait une cassette et le silence se faisait.

À Baltimore, c'était un culte réservé à quelques élus. La ville vibrait encore au battement érotique de la house. Je ne faisais que suivre l'exemple de Bill, pourtant, tout gamin que j'étais, je pensais déjà que l'époque exigeait un son qui parle de notre monde chaotique, dénaturé et magnifique. Les mains de Bill étaient prométhéennes. Il débarquait dans notre petite chambre, jetait son blouson Starter sur le lit, fourrait une cassette dans le lecteur et envoyait les basses. Il hochait la tête, répétait les paroles, pointant le doigt pour souligner ses formules et ses vannes préférées. Ce fut une révélation. C'est avec le rap que je découvris la musique. Bien sûr, je connaissais Luther Vandross et Deniece Williams, et, comme tout le monde, je fredonnais quand ils passaient à la radio. Mais leur musique ne m'appartenait pas. Ce qui me plaisait dans le son de New York, c'était qu'il était aussi incompréhensible que nos vies. Il y avait des boucles d'alto sidérantes, des *samples* de voix confuses qui surgissaient de nulle part et, là où on attendait un bridge, une mélodie, un pont ou un refrain accrocheur, uniquement des percussions : les rythmes rageurs et fracassants de la TR-808.

Je me revois debout devant ma petite chaîne noire. Les Jungle Brothers sur la platine. Q-Tip transperce le brouillard de son épée nativiste. Cela fait trois fois que je passe le morceau et je n'y comprends toujours rien.

They fought back with civil rights
They scarred your soul and took your sight[1]

L'album est un incroyable fatras. J'ignore ce que fuit Mike G. Je n'ai jamais entendu parler des Violators. Je fouille la maison à la recherche de l'atlas de mon père, je tourne les pages, jusqu'à trouver une carte de leur fief mythique : Strong Island, alias Long Island. Alors que je m'attendais à un royaume, je découvre une poignée d'îles menaçant de larguer les amarres.

Le mystère et ces plaines infinies de non-dits nous fascinaient tous. Nul ne savait d'où Big Daddy Kane tenait son art, mais, quand il s'emparait du micro, les *breakbeats* les plus abrupts prenaient des airs enjôleurs, une jeune fille en fleur qui se promenait un samedi soir. J'étudiais

---

1. Ils répliquaient avec les droits civiques/Ils vous brûlaient l'âme, vous aveuglaient.

les paroles sur les pochettes en quête d'indices, repassais les chansons jusqu'à les connaître par cœur, puis les rejouais dans ma tête. À force, je repérais des messages, réels ou imaginaires. Peu à peu, les éléments se mettaient en place. Et je commençais à comprendre pourquoi ces mecs avaient besoin d'arborer des capes et des masques, pourquoi ils roulaient des mécaniques entre les mesures. Je commençais à comprendre que je n'étais pas le seul à avoir peur.

4

To teach those who can't say my name

Pour apprendre à ceux qui ne peuvent pas dire mon nom (« I Know You Got Soul », Eric B. & Rakim, 1987)

Bill suivit le mouvement. À travers le pays, de jeunes Noirs suppliaient leurs parents de leur offrir des platines Technics 1200 et un séquenceur sampleur MPC60. Quand ils n'obtenaient pas gain de cause, ils se transformaient en boîtes à rythmes humaines. C'est ainsi que naquit le *beatboxing* : ils tapaient sur les tables à la cantine et reproduisaient avec la bouche les percussions du générique de *Sanford and Son* jusqu'à être capables de le faire sous l'eau[1]. Lorsqu'il était chez sa mère, Bill passait son temps dans le sous-sol de Marlon, enlaçant le micro comme une amante. Ils s'étaient baptisés les West Side Kings. Marlon officiait aux

1. Allusion à la chanson « Rock the House » de DJ Jazzy & the Fresh Prince, où Fresh Prince demande au beatboxeur Ready Rock C d'interpréter le générique de *Sanford and Son*, puis de le faire sous l'eau. (*Sanford and Son* est une série américaine des années 1970, dont les héros sont un père et son fils vivant dans le ghetto noir de Watts, à Los Angeles.)

platines, tandis que Bill scandait des rimes de combat griffonnées sur un calepin jaune. Il revenait à Tioga avec des enregistrements qu'il écoutait en boucle pendant des heures, rappant avec lui-même. Il s'écoula deux ans avant que je voie enfin les West Side Kings en action. Entre-temps, les règles avaient changé et les frères s'étaient racheté une conduite.

C'était l'été 1988 : la première grande saison de ma génération. Scott La Rock était mort, KRS-One s'était converti au rap engagé et prenait la pose de la sentinelle en hommage à Malcolm[1]. Tous les ghetto-blasters du monde s'étaient transformés en tribune pour Public Enemy. Jusque-là, la musique était un divertissement, une fuite : du rythme et de la tchatche, de lourdes chaînes et des boucles de ceinture dorées. Chuck D nous ramenait à la réalité. Il arborait les couleurs des Raiders d'Al Davis*, refusait de danser et, entre ses mains, le micro devenait la carabine perdue de Robert Charles*.

Ici, à Baltimore, quand le son de l'Enemy retentissait, on avait d'abord un mouvement de recul. Personne n'avait jamais rien entendu d'aussi

1. Allusion à l'album *By All Means Necessary*, dont le titre et la pochette font référence à une phrase célèbre prononcée par Malcolm X dans un discours de 1964 : « C'est notre devise. Nous voulons la liberté et nous mettrons en œuvre tous les moyens nécessaires pour cela. Nous voulons la justice et nous mettrons en œuvre tous les moyens nécessaires. Nous voulons l'égalité et nous mettrons en œuvre tous les moyens nécessaires. » Cette phrase est devenue célèbre grâce à une affiche où l'on voit Malcolm X posté à une fenêtre, une arme à la main, dont s'inspire KRS-One sur la pochette de l'album.

discordant : des explosions de batteries déchirées par des sifflements, des sirènes à contretemps. Mais la cacophonie était addictive. Et elle était partout. Dans la ruelle derrière Liberty Heights, le refrain était « Don't Believe the Hype ». Le week-end, tandis que j'étudiais le *Manuel des joueurs* de Donjons et Dragons, Malik passait « Cold Lamping » et citait Flavor Flav. La première fois que mon père entendit « She Watch Channel Zero ?! », il désigna ma mère :

— C'est ce que m'inspirent ces fichus romans à l'eau de rose : elle lit. Elle lit. Elle lit.[1]

Je m'y intéressais presque malgré moi. J'étais fasciné par les différents niveaux de sens et les allusions mystérieuses. C'était une musique qui me semblait moins agréable qu'exigeante. Chaque morceau était une leçon d'histoire totalement décousue. Armé d'une palette de sons, Chuck D nous révélait une nouvelle dimension de la Connaissance.

Son style était sidérant. Je saisissais des phrases et des images dissociées, des moments et des lieux déconnectés : « putain de Grammy », un « gouvernement d'enfoirés », « ils me voient, me craignent ». Pourtant, à la dixième écoute, une mémoire collective retrouvée finissait par émerger de ce chaos sonore. Tout commençait du temps de notre gloire, par le bannissement de Bull Connor* et de ses dragons d'un autre temps. Jamais le sommet n'avait paru si proche. Mais, emportés par l'élan de la victoire, nous avions trébuché dans le vide. Et à présent nous nous entre-tuions au fond

1. « She Watch Channel Zéro », dont les paroles sont « She Watch/She watch/She watch/Zero ».

du précipice. Nous avions tous – moi y compris – la rage au cœur. Nous ne comprenions pas comment nous avions pu tomber si bas. Mon père s'efforçait d'expliquer la Chute. Cependant, il appartenait à une autre génération et il était obnubilé par sa propre mission. Chuck était comme nous et, une fois sa grammaire assimilée, nous prîmes conscience qu'il utilisait avec maestria la *lingua franca* de l'époque. Il nous ramenait en 1966, nous rappelait Hoover et ses écoutes téléphoniques, les diables blancs qui nous distribuaient de la drogue et des flingues, comme autrefois ils avaient donné aux Indiens des couvertures contaminées par la variole. Aveuglés, corrompus et consumés par le libéralisme économique de Reagan, le crack et la criminalité, nous nous étions égarés. Mais on était en 1988. Il était temps de racheter ces années d'abjection, de reprendre les armes et de se comporter en hommes.

À cette époque, j'avais déjà eu l'occasion de rencontrer Afeni Shakur, la plus célèbre du groupe des Panther 21, ces vingt et un membres des Black Panthers arrêtés – puis acquittés – pour avoir planifié des attentats à New York. Elle s'était installée à Baltimore quelques années plus tôt et, parmi les Conscients, c'était une légende. Afeni était une ancienne camarade de mon père, mais, lorsque la guerre avait éclaté au sein de l'organisation, ils ne s'étaient pas rangés du même côté. Ils avaient des amis qui s'étaient entre-tués. Malgré tout, au cours de la décennie suivante, leurs préoccupations communes les avaient de nouveau rapprochés.

J'avais entendu des histoires et, par comparaison au quotidien monotone de mon père, Afeni m'apparaissait tout auréolée de gloire. La légende était pourtant humaine : elle me souriait, préparait des spaghettis et trouvait mon petit frère amusant. Son fils et sa fille venaient chez nous. Tupac, qui n'était pas encore un rappeur célèbre, échangeait des paroles de chansons avec Bill. J'emmenai Sekyiwa voir *Blanche-Neige*. Néanmoins, même dans les activités les plus banales, leur clan conservait l'éclat de ceux ayant appartenu à la dernière faction marxiste qui tramaient la destruction de l'empire.

Voici comment le monde de Chuck D et celui de mon père finirent par se rejoindre : Bill, Sekyiwa et moi, nous savions tous qui nous étions et d'où nous venions, mais c'était très abstrait. Les motivations intimes de ces jeunes qui un jour avaient décidé de revêtir un béret noir, de s'emparer de fusils et de s'armer de livres de droit nous restaient relativement étrangères. Cependant, ma conscience s'éveillait peu à peu. Un après-midi où j'étais assis par terre dans ma chambre avec Sekyiwa à écouter « Rebel Without a Pause », une phrase l'arrêta.

Hard – My calling card
Registered and ordered –
Supporter of Chesimard[1].

C'est ma tante, dit-elle. Du moins le nom d'esclave de sa tante. Mais elle ne comprenait que partiellement pourquoi Chuck D mentionnait Chesimard.

1. Dur – ma carte de visite/Enregistrée et classée – supporteur de Chesimard.

Le lendemain, j'allai trouver mon père pour en savoir plus. Il résuma l'histoire en deux phrases, puis il prit un livre dans sa bibliothèque de la Connaissance de Soi. Sur la couverture, son visage était décentré. Elle avait une afro et nous regardait par-dessus son épaule. Son nom figurait au-dessous : Assata Shakur. Je m'étais engagé dans cette voie quelques mois plus tôt en me plongeant dans *African Glory*, un ouvrage sur les civilisations noires disparues, réédité par Black Classic Press. Mais, à présent, j'étais habité par le désir de savoir. Ce n'était pas l'histoire de mon père et en même temps ça l'était, car, dans ce récit d'une ancienne membre des Panthers, je les retrouvais tous. C'est mon instinct de cow-boy qui réagit le premier, la pensée que, en dépit de ma maladresse et de mes lunettes recollées, du sang rebelle coulait dans mes veines, et cette idée m'emplit d'une fierté stupide et enfantine. Tout le monde a besoin de mythes. Et ici, dans le Far West de Baltimore où nous avions perdu la foi, où régnait la loi barbare, quelle serait notre magie ? Quels seraient les mots sacrés ?

Je me tournai vers la Conscience, parce qu'il n'y avait rien d'autre, parce que c'était la seule magie pour combattre le daim, le cuir et l'or. Mon père avait voué sa vie au changement. Il avait tout sacrifié pour des anciens détenus, des mères abandonnées et des enfants noirs égarés. J'étais un lâche qui s'efforçait de survivre au jour le jour. Comment pouvais-je être digne de cet héritage ? Comment pouvais-je adhérer à une doctrine qui professait que l'Acte Conscient valait plus que le sexe, le pain, et même le souffle ?

On ne trouvait pas de réponse au sein de la communauté noire, où les meilleurs d'entre nous finissaient comme Sammy Davis* et se comportaient comme s'il n'y avait jamais eu de guerre. Je ne m'attarderai pas sur les caricatures : les inconditionnels de Billy Ocean avaient la tête dure, Luther Vandross était indéboulonnable et, avouons-le, je dévorais Arletta Holly des yeux en fredonnant « Lost in Emotion » en cours de musique. Mais il faut se replacer dans le contexte. Sur MTV, on voyait des nègres aux cheveux bouclés et maquillés qui jouaient les quarterons exotiques, rendaient hommage à Fred Astaire et prétendaient que nous n'existions pas. Je parle de défrisant et de paillettes, de Lionel Richie et de « Dancing on the Ceiling ». Je parle de la pop industrielle de Whitney, de Richard Pryor transformé en joujou. À croire que Parliament n'avait jamais existé, James Brown jamais percé. Tous nos champions étaient déconnectés et déshonorés ; ils remettaient des Image Awards* tandis que nous nous vidions de notre sang dans les rues.

Mais soudain le monde devenait Conscient. De La Soul ne jouait pas aux gangsters et Stetsasonic s'adressait à l'Afrique par-delà l'océan. D'abord Chuck, ensuite KRS, et bientôt partout où se portait le regard, les rappeurs se réclamaient de Marcus Garvey et hissaient les couleurs du panafricanisme, criant qu'il était temps d'arrêter l'autodestruction, que la logique qui nous poussait à copier les Blancs était mortifère, que l'heure du réveil était venue.

À travers tout le pays, le peuple entendait la parole. D'anciens membres des Black Panthers sortaient déguisés pour saluer Chuck D. Des tueurs endurcis lâchaient leurs armes et viraient végétaliens en écoutant X-Clan et « Raise the Flag ». Des frères à l'haleine avinée citaient Farrakhan, le chef de la Nation de l'Islam. Des courtisanes se mettaient à la prière, couvraient leur chignon blond de tissus africains, bogolan malien ou kenté ghanéen. Des filles noires déchiraient leurs posters d'Apollonia, brûlaient leurs lentilles de contact vertes, se coupaient les cheveux, se faisaient poser des tresses. Les bijoux en or étaient rangés au fond d'un tiroir. Le *dashiki** de nos pères revenait à la mode, tout comme les perles africaines et les médaillons représentant l'Afrique.

Cette musique tenait le même discours que mon père, bien qu'il ne le comprît qu'en partie. Il s'impatientait, alors que ma Conscience s'éveillait. Dans son carnet, il notait la lenteur de mes progrès : Ta-Nehisi est venu travailler avec dix minutes de retard aujourd'hui. Il a passé quinze minutes dans la salle de bains. Il a travaillé dix minutes. Il a encore disparu quinze minutes dans la salle de bains. Il est allé jouer avec Menelik. Il fallait que nous soyons prêts avant l'échéance fatale des dix-huit ans et le changement avait beau arriver, ce n'était jamais assez vite pour lui.

Pourtant, nous changions, c'était évident. Big Bill lui-même, touché par la grâce, avait délaissé ses batailles mesquines pour le Combat. La même musique qui m'avait tiré de mon brouillard l'obsédait. Il consacrait son temps à ses chansons, se délectait de basses lugubres, peaufinait des métaphores sur la chute du Grand Satan. Les Kings s'adjoignirent Joey au clavier, se rebaptisèrent Foundation et se firent les chantres de la rébellion. J'écoutais ses cassettes parmi toutes les autres et commençais à comprendre. J'avais douze ans, mais lorsque je découvris « Lyrics of Fury »

I bless the child, the earth,
the gods, and bomb the rest
For those that envy a MC
it can be hazardous to your health[1]

je renonçai aux jeux de l'enfance pour me consacrer à l'écriture et m'emprisonnai entre les lignes bleues. Tous les soirs, au cours de cet été-là, je fermai la porte et m'étendis sur le lit avec un carnet et un crayon.

Au début, j'entendais les mots des autres résonner en moi – ceux de mon frère, les allusions ésotériques de Rakim dit « le Dieu », la philosophie de KRS-One – et, à vrai dire, malgré les années passées à essayer, je n'ai jamais totalement trouvé les miens. Mon style était maladroit, mes rimes ne fonctionnaient pas, mes formules chocs trébuchaient sur la mesure, mes métaphores filées s'étiraient en longueur. Je n'étais pas doué, mais je m'acharnais. Cela dura des jours, des mois, et pour finir des années. Plus je noircissais de pages, plus je sentais que l'ordre jedi des rappeurs veillait sur moi. Cet été-là, j'écrivis sans relâche, alignant mes rimes sur les faces B instrumentales. Mon stylo devint un bâton d'envoûtement des rues, mon flow brouillon et décousu un Cor de Dévastation du Ghetto. C'était de l'esbroufe, mais à l'issue de chaque récital solitaire je me sentais grandi.

---

1. Je bénis l'enfant, la terre, les dieux et bombarde le reste/ Pour ceux qui envient le MC ça peut être dangereux pour la santé. (Eric B et Rakim)

Je sortais la tête un peu plus haute, parce que si on le fait comme il faut, si on prétend être ce nègre-là avec assez de conviction, on finit par y croire un peu, même si on n'a fait qu'affronter son reflet dans le miroir de la chambre. Je découvris ainsi pourquoi les rappeurs avaient une si grande gueule. La Connaissance aussi avait peur de la rue. Mais le carnet de rimes était un livre de sorts : il invoquait les esprits de l'asphalte, les dieux anciens et les ancêtres éplorés, et ceux-là ne t'abandonneraient jamais. Cet été-là, je compris enfin ce que Fruitie avait voulu dire. Sous l'égide du hip-hop, on ne vivait jamais seul, on ne marchait jamais seul.

Je harcelai Big Bill jusqu'à ce qu'il me laisse exhiber mes maigres talents. Marlon avait bouclé l'accès au sous-sol de son père. Il présidait aux platines. Joey pianotait sur son clavier, cherchant un riff à son goût. Assis sur le canapé, je révisais mes rimes, tandis que Bill bénissait le micro derrière ce qui avait été un bar.

Ces derniers temps, j'avais découvert le grand carton où mon père conservait ses vieux journaux des Black Panthers. Je les dévorais à mes heures perdues, prenant des notes dans mon carnet de rimes. Il n'avait plus besoin de me donner des listes de livres. Ma collection de *comics* ne faisait pas le poids. Les dessins animés semblaient insignifiants. Je me plongeais dans les ouvrages qui occupaient presque tous les murs de la maison. C'est ainsi que je me trouvai et que j'appris mon nom. Depuis toujours, mon père me disait qui j'étais : Ta-Nehisi était une nation, un ancien terme égyptien désignant le grand peuple nubien du Sud. Pourtant, je ne l'entendais pas. Là où je vivais, Tamika était un prénom américain. En revanche, Ta-Nehisi était affligé d'un trait d'union et offrait un tas de possibilités dans les concours d'insultes si on avait un minimum de tchatche. Mais en découvrant ce nom à rallonge dans les livres sur la glorieuse Afrique, je sus pourquoi je ne serais jamais Javonne ou Pete. Mon nom était une nation, pas une cible, pas un mot que les profs écorchaient ; il était les antiques Nubiens et les illustres Égyptiens du XXVe siècle avant Jésus-Christ.

Je sentais une lumière se répandre dans mon corps. Je me réveillais enfin, avide de comprendre ce qui se passait autour de moi, de comprendre comment nous en étions arrivés là. J'avais désormais une perception plus complète de Lemmel. Je savais que c'était un lieu conflictuel, parce que tout ce qui en valait la peine l'était. Je savais qu'en dépit de la honte mon univers était plus honorable, plus beau que les contrées exotiques au-delà de Reisterstown et de Liberty Road. Les Mondawmin de ce monde – avec leurs marchands-vautours, leurs vendeurs de perruques, leurs braderies, leurs comptoirs à sandwichs, leur or factice, leurs lascars et leurs filles égarées – étaient mon seul foyer. C'était la rencontre entre la Connaissance et la Conscience et, ce jour-là chez Marlon, lorsque je m'emparai du micro, c'est l'alchimie que je voulais donner à entendre. J'émergeai de l'épreuve plus grand, ma voix plus grave, mes bras plus puissants. Les ancêtres marchaient avec moi et dans mes mains brillait la hache de Shangô[1].

---

1. Attribut marquant le pouvoir des prêtres et prêtresses de Shangô, le dieu du tonnerre. Cet objet symbolise l'arme utilisée par ce dieu pour rendre justice.

On ne voyait pas beaucoup Bill à la maison. En raison de ses progrès scolaires, notre père l'autorisait à se reposer plus souvent chez sa mère. Adieu saucisses végétariennes. Adieu lectures obligatoires. Adieu corvées de jardin. Je me casse ! hurlait-il quand il franchissait la porte. Je passais plus de temps seul. Mes frères Malik et John étaient au lycée. Alors, j'enfourchais mon vélo et partais à l'aventure, en quête de tout ce que j'ignorais encore, gravissant Burleith Avenue jusqu'à la ruelle, et là j'observais.

Les mecs s'affrontaient à trois contre trois, et j'étais toujours sélectionné en dernier, quand je l'étais tout court. Je m'asseyais sur le petit mur de granit, sur le côté, près du ghetto-blaster et, rappant et gesticulant avec les autres, je les regardais danser. J'avais passé tellement de temps à les écouter dans ma chambre que maintenant je maîtrisais les paroles, la cadence et le souffle. Je pouvais démêler le sens et décrypter les multiples syllabes de « The Symphony » de Marley Marl ou réciter la litanie monotone de « I'm Housing » d'EPMD. Bientôt, cela se sut parmi les garçons de mon âge, qui se groupaient autour de moi et me réclamaient telle ou telle chanson. Puis nous passions les heures suivantes à débattre pour déterminer qui, de Big Daddy Kane ou de Rakim, était le plus grand.

Et il y avait le basket, le sport national de mon peuple. J'étais plus sensible à la grâce brutale des joueurs de football comme Steve Atwater et Ronnie Lott. Malgré tout, j'avais rejoint les rangs des adorateurs de Len Bias. Mais lorsqu'il tomba – mort d'une overdose de coke à vingt-trois ans –, je me désintéressai du basket. Cependant, Magic

Johnson et Kareem Abdul-Jabbar étaient toujours les dieux de la rue, ici. Les mecs faisaient une passe aveugle ou un bras roulé en hurlant leurs noms, comme si c'était une formule magique capable de guider le ballon.

Malheureusement, la magie n'opérait pas pour moi. Je ne pouvais pas dribbler deux fois sans marcher. Mes tirs en suspension s'envolaient au-dessus du panneau. Mes lancers francs partaient à gauche de l'arceau. Les rires et les vannes fusaient. Mais tout le monde y avait droit. Nous avions tous nos points faibles et il y avait toujours un Larry Young, un David Pridgett ou un Big Bill pour railler les pieds de fille de l'un, le nez épaté ou la coiffure naze de l'autre, et nous tailler un costard. J'avais fini par me rendre compte que tout cela était très démocratique. Ce n'était pas tant nos défauts et nos qualités qui importaient que la manière dont on les assumait.

Je décidai donc de prendre les choses en main. J'interdis à mon père de me toucher les cheveux. Je me rendis au Mondawmin Mall, fuyant les coiffeurs plus âgés, et revins avec une coupe au ras des oreilles. Dans la ruelle, je commençais à me faire remarquer, criais quand c'était mon tour, choisissais avant d'être choisi, piquais un skate pour faire quelques mètres, l'abandonnais, faisais un salut de la main et bougeais avec mon pote. Je parlais moins et j'observais plus. Lorsque je changeais de secteur, je jaugeais l'ambiance et j'adaptais mon attitude. Je traînais avec la bande du quartier. Leroy, qui m'avait sauvé des Hilton-Beys, en était le chef officieux. Il y avait aussi Bo, qui vivait un peu plus loin dans Liberty Heights Avenue. Brock et Dante, les veinards qui étaient dans un bahut privé. Et deux demi-frères, dont je tairai le nom, car nous pensions que leur mère était accro au crack. Ils habitaient une grande maison délabrée. On apercevait des rats qui s'en échappaient à l'arrière. La plupart de ces gosses venaient de familles monoparentales et appartenaient à la catégorie la plus tragique : des jeunes Noirs dépourvus d'inclination criminelle, mais qui, faute de guide, se retrouvaient dans la ligne de mire du monde.

Cependant, auprès d'eux, ma Connaissance s'enrichit. Nous partions à la découverte de Baltimore. Nous sautions dans le bus de Reisterstown pour aller au cinéma, fiers de nos mauvaises manières, riant et parlant trop fort comme tous les adolescents qui veulent faire les intéressants. Nous nous rendions au port en métro et lancions des cochonneries aux filles. Le groupe me donnait de l'assurance. Je constatai que tout devenait plus facile si j'alignais ma démarche sur celle de mes potes, souriais seulement lorsque nécessaire. À Mondawmin, quand on croisait un soldat isolé, même si nous étions une bande sans nom ni réputation, notre nombre suffisait à le décourager et il faisait demi-tour. Malgré tout, je demeurais un enfant adopté. Je n'étais pas le genre à dégainer et à me prendre pour Larry Davis[1]. Nino Brown[2] ne me faisait pas rêver. Mais, désormais, je savais que ce ne n'était pas le chaos, que la rue était un pays et que, comme tous les pays, elle avait

1. Davis, Larry : délinquant du Bronx qui tira sur des policiers en 1986.
2. Brown, Nino : chef d'un gang de dealers dans le film *New Jack City*.

son hymne national, sa culture, ses lois. On ne m'avait jamais inculqué le patriotisme. Pourtant, cet été-là, je devins un soldat. En septembre, je franchis la porte de la maison avec une confiance nouvelle. Pour mettre un terme aux bagarres et au racket, Lemmel avait décidé d'imposer l'uniforme et le cartable transparent. J'avais acheté le sac à la mode, un sac-filet bleu avec un fin classeur de toile à l'intérieur, que je jetais négligemment sur mon épaule. Le port de l'uniforme nous rendait tous égaux en matière d'élégance, sauf en ce qui concernait les godasses. J'allai donc trouver ma mère, qui n'avait jamais été hostile au goût du jour, et me fis offrir des baskets Travel Fox et des chaussures montantes Rockport.

De plus, je n'étais pas seul. Au départ, nous n'étions que cinq ou six, dévalant Tioga Parkway, puis Gwynns Fall, avant de gravir la pente herbeuse qui menait à Lemmel. Mais chacun de nous avait des copains d'autres quartiers et, quand nous tombions sur un pote de colo ou de l'école primaire, sa bande venait grossir nos rangs. Si bien que nous formions une armée impressionnante lorsque nous arrivions au sommet de Dukeland Hill et que nous entrechoquions nos poings en guise de salut. Nous jouions aux durs sur les marches de béton, jurant et prenant des airs belliqueux, envoyant des signaux d'avertissement, montrant les dents pour nous faire respecter.

Puis je me retrouvai de nouveau seul, car aucun de mes amis n'appartenait à l'élite du collège. Je passai dans la classe supérieure de l'équipe Marshall, en quatrième 16. Il y avait moins de garçons, ce qui ne présageait rien de bon. Notre armée réduite ne pouvait tolérer les pacifistes.

Je n'avais pas oublié mes déboires de l'année précédente. Je ne voulais plus être ce gamin dans la lune, toujours prêt à s'enfuir. J'envisageai même de frapper le premier idiot sur mon chemin : j'écoperais alors de quelques jours d'exclusion que j'exhiberais comme une médaille. Mais ce n'était que la voix de mon armure intelligente. Dans le fond, j'étais resté un rêveur, un gosse qui aimait les gâteaux et les *comics*.

Nos professeurs étaient plus exigeants, car c'était la première année importante de nos vies, l'année qui déciderait du lycée où nous irions. On nous réunit en cours d'anglais, les bureaux alignés par rangées de cinq. Le conseiller d'orientation, M. Webster – blanc, à lunettes, bienveillant –, nous distribua des fascicules qui répertoriaient les établissements les plus recherchés de Baltimore, avec leurs spécificités, les conditions d'accès et les matières enseignées. On trouvait de tout, des maths à l'anglais en passant par la musique, le génie mécanique et des cours de préparation à la carrière militaire. J'étais, je suis encore un scientifique dans l'âme, et je visais le Baltimore Polytechnic Institute, le meilleur lycée de Baltimore. C'était par « Poly » qu'étaient passés l'inventeur Garrett Morgan, le chirurgien Charles Drew et toutes les figures de la communauté afro-américaine locale. Cependant, si la qualité de l'enseignement comptait, ce n'était pas le plus important : la sécurité était notre préoccupation principale. Ce qui nous attirait dans ces établissements disséminés à travers la ville, ce n'était pas tant les résultats que la perspective d'échapper à la loi des armes, de trouver un refuge, ne serait-ce que parce que tout le monde était là par choix. Le reste était secondaire.

Cette année, nous avions cours de gym en même temps que les quatrième 7, nos doubles maléfiques. Ils entrèrent en traînant les pieds d'un air mauvais et s'assirent de l'autre côté des gradins. Il n'y avait pas une seule fille parmi eux. Ils étaient trente, si grands qu'ils semblaient avoir redoublé plusieurs classes. Ces mecs étaient flippants. Je restai silencieux, me répétant que je n'avais pas peur. Nous partagions les vestiaires et je savais que c'était là qu'aurait lieu l'épreuve de vérité. Mon pote Jermaine me prit à part et me briefa :

— Tana, t'as pas intérêt à te débiner.

J'étais l'un des plus grands de la classe désormais et je ne doutais pas que je serais la première cible de la quatrième 7. Ma taille faisait de moi le chef symbolique de notre groupe, bien que je n'eusse jamais convoité un tel titre. Après le cours, je me rhabillai, m'attendant à voir débarquer une des grosses brutes, l'un de ceux qui semblaient destinés à s'engager ou à conduire un camion. Au lieu de quoi, ils envoyèrent un mec chelou, un échalas pas gâté par la nature, avec des verres aussi épais que des culs de bouteille. Il était mal à l'aise, tournicotait dans le vestiaire comme s'il avait passé l'année précédente à épousseter son jean et à remettre ses lunettes en place. Je comprenais trop bien son attitude, comment le désir de ne surtout pas répéter les mêmes erreurs peut vous faire gronder un peu trop vite, même selon les critères de la rue.

Mais ce type avait dû en baver encore plus que moi.

Ils se massèrent autour de nous et il avança. Je m'étais préparé tout l'été pour ce moment. Je songeai aux dieux du hip-hop et, sans un mot, je me mis en garde. C'était ma première bagarre, la première fois que je sentais la colère s'enflammer comme de l'essence à briquet. M'envoyer ce loser, c'était une marque d'irrespect, une façon de dire que le plus chétif d'entre eux pouvait régler son compte au plus grand d'entre nous. Sans compter que je voyais en lui un reflet de ma faiblesse, un autre moi-même que je voulais éliminer. Je frappai.

Ce qui suivit ne fut ni glorieux ni triomphal. Une empoignade aveugle, des coups maladroits dans les casiers métalliques. Le combat s'acheva par étranglement mutuel. Nos camps respectifs nous séparèrent. Les quatrième 7 récupérèrent leurs sacs et défilèrent devant nous pour sortir.

Il ne s'écoula guère de temps avant que Big Bill ne fût renvoyé à Tioga. C'était toujours la même histoire. Il se ressaisissait pendant quelque temps, se voyait accorder un répit, puis retombait dans ses travers et retrouvait la tutelle paternelle. Linda et mes parents faisaient leur possible pour le tirer vers la terre promise. Mais il était encore dans un entre-deux, écartelé entre la Conscience et la rue qui l'avait façonné depuis le premier jour où il s'était planté à l'angle de la rue. Les filles, le micro, être aimé : c'était toute sa vie.

Ce fut l'amour qui précipita sa disgrâce. Un mec était jugé à ses biceps et à son habileté à transformer une rencontre en numéro de téléphone, puis de l'inscrire à son tableau de chasse. Bill était grand, stylé et n'avait jamais un cheveu qui dépassait sur les oreilles. Et surtout il ne trébuchait pas, ne bredouillait pas, ne regardait pas ses pieds. Cette assurance était prisée parmi les filles que nous connaissions. En fait, c'était un prérequis à tout échange. Bill avait du succès, les meufs défilaient et il finit par se laisser aller. Une de ses ex sonna un jour chez Linda. Elle réclamait juste un peu de reconnaissance, un minimum de respect. Bill ouvrit la porte, mais ne la fit pas entrer. Linda se trouvait à l'arrière de la maison.

La fille avait appris qu'elle était enceinte quelques semaines plus tôt. Bill avait consenti à payer la moitié de l'avortement et en échange elle avait accepté de ne pas mêler d'adulte à l'histoire. Mais il y avait toujours en mon frère un petit garçon qui refusait de grandir. Une partie de lui espérait que le problème disparaîtrait tout seul. L'autre partie se conduisit mal, tout simplement. Il l'évita, cessa de répondre à ses appels et partit en quête de nouveaux plaisirs. Elle lui demandait seulement d'honorer sa parole. Ils se disputèrent. Elle cria et donna un violent coup sur la porte. Il lui ordonna de baisser le ton. Elle n'obéit pas et il se fâcha. Il la souleva – elle ne devait pas peser plus de cinquante kilos – pour la jeter par terre.

C'est alors que surgit Linda :

— Tu as perdu la tête ? Je ne t'ai pas appris à frapper les femmes. Entrez tous les deux dans cette maison.

Là, la fille déballa tout, pendant que Bill fulminait dans son coin. À présent, il n'avait plus son mot à dire. Linda appela mon père. Bill reçut l'ordre de payer sa part et d'accompagner son ex jusqu'à une clinique à l'extérieur de la ville, sur la Route 40.

Après cet épisode, mon père lui lâcha la bride. Ils étaient en guerre depuis toujours, toutefois, il estimait qu'à dix-sept ans mon frère était un homme. À ses yeux, il avait choisi sa voie et personne n'y changerait plus rien. Bill avait réintégré Tioga, mais il n'y avait plus personne pour vérifier ses devoirs, lire ses bulletins scolaires ou le réprimander quand il n'allait pas en cours. Mon père lui répéta l'ultimatum qui était le même pour nous tous :

— À dix-huit ans, tu quitteras cette maison.

Le reste ne dépendait que de Bill.

À Lemmel, l'équipe Marshall était parvenue à une entente avec les quatrième 7. Il y avait eu quelques bagarres après la mienne, mais nous avions fini par obtenir leur respect et nos rencontres avaient perdu leur atmosphère sinistre. Nous nous chahutions comme tous les garçons du monde. Au second semestre, notre classe se retrouva seule en cours de gym et nous en fûmes réduits à nous battre entre nous. Les autres essayaient toujours de prouver qu'ils frappaient plus vite et qu'ils étaient les plus forts. Je me contentais de balancer quelques beignes afin de montrer que j'étais prêt à me défendre, quelques taloches pour préserver la paix. Une fois qu'ils eurent compris, je passai un accord avec eux.

Nous n'étions que sept ou huit, mais, un an plus tôt, ils ne pouvaient s'empêcher d'afficher leur mépris à ma vue. À présent, nous devions bâtir sur ce qui nous rapprochait : nous étions obsédés par la puissance de tir de Dan Marino, le *quarterback* des Miami Dolphins. À la cantine, nous propagions la légende de Mike Tyson : il assommait les mecs d'un crochet du gauche et ceux-ci tombaient en dansant, se relevaient et tombaient de nouveau. Notre plus grand rêve était de pouvoir traverser la vie avec cette force indestructible. Faute de mieux, nous nous regroupions dans l'espoir que cela suffirait à nous garder des attaques.

Je partais désormais le matin avec un large cercle d'amis. Les autres élèves de l'équipe Marshall venaient en bus du fin fond de West Baltimore, mais ils modifiaient leur trajet pour se donner rendez-vous devant chez moi et nous nous mettions en route, nous protégeant mutuellement. Le renversement de situation m'enchantait et j'étais émerveillé d'être parvenu à me réinventer, non pas dans une école privée, non pas dans un établissement du comté où j'étais inconnu, mais ici même, sur mon propre territoire où il n'y avait pas si longtemps je craignais pour ma peau.

Le week-end, je préparais des exposés et j'écrivais des chansons. J'écoutais des cassettes de Gil Scott-Heron et « Message to the Grass Roots »*. Je continuais de dévorer tout ce qui concernait les Black Panthers dans la bibliothèque paternelle. J'avais une vision très romantique de cette période. J'avais remplacé un panthéon par un autre, Spiderman par Robert F. Williams* et Huey Newton*. Ce n'était pas précisément joyeux, néanmoins, cela m'offrait une forme de liberté. Je ne pouvais pas m'évader et devenir un autre, mais ce n'était plus ce que je voulais. Mes nouveaux héros et ma nouvelle grille de lecture du monde donnaient du sens à tout ce que je détestais autrefois : les fêtes interdites et les jeûnes, les livres obligatoires, les gamins en colère autour de moi. Mon père à qui rien n'échappait s'abstint de tout commentaire. Cependant, sous sa réserve, je voyais à certains signes qu'il se réjouissait.

J'avais trouvé ma place à Lemmel, mais je savais que j'avais tout intérêt à aller dans un établissement où je n'aurais pas besoin de gardes du corps. Je visais le prestigieux Polytechnic Institute, situé sur le même campus que le lycée Western. Quand j'étais en CM2, Kris était à Western. Les jours de classe, nous prenions le métro ensemble de Mondawmin à West Cold Spring. De là, je me rendais à pied à l'école. Kris rejoignait son arrêt de bus, sous les rails du métro aérien. Souvent, je voyais arriver le 33, avec Poly/Western défilant en lettres électroniques au-dessus du pare-brise, et j'étais émerveillé à l'idée que des écoles fussent assez importantes pour avoir une ligne de transports en commun à leur nom.

Le complexe Poly/Western était une cité royale à Baltimore. Autrefois, c'était l'apanage de jeunes Blancs en uniforme. Maintenant, comme l'ancien quartier blanc avec ses maisons d'avant-guerre et ses rues endormies, il était nôtre. Mais cette institution, à la différence des autres lieux dont nous avions hérité, avait maintenu ses nobles traditions. Western était le plus vieil établissement public réservé aux filles du pays. C'était un sauf-conduit pour toutes les grandes écoles du Nord-Est. Les usages étaient respectés. Les sœurs aînées prenaient sous leurs ailes les petites nouvelles. Les terminales arrivaient vêtues de blanc pour inaugurer l'année scolaire. L'équipe de basket était puissante et adulée.

Vénérable et élitiste, Poly se dressait de l'autre côté de la cour. Dans les années 1950, le lycée s'était ouvert aux Noirs avant tous les établissements de la ville. Et il accueillait les filles depuis 1974. Aucun garçon avec un peu de plomb dans la cervelle ne se plaignait de la présence féminine. En outre, là aussi, les traditions étaient préservées : les couleurs bleu et orange, l'excellent niveau des équipes de football américain, la rivalité avec le Baltimore City College, et, surtout, la longue série de jeunes cerveaux scientifiques formés ici. Tous les élèves diplômés de Poly/Western poursuivaient des études supérieures.

Je travaillai bien cette année-là, ce qui pour moi signifiait un C+, et je ne reçus qu'une seule raclée parentale. Et elle ne devait pas être très méchante, car je ne me rappelle même plus qui, de mon père ou de ma mère, me l'administra. J'étais toujours plus motivé quand les conséquences étaient immédiates et, pour éviter le lycée de mon secteur, j'étais prêt à faire mes devoirs et à m'appliquer. Nous devions avoir la réponse au printemps. C'était un avant-goût du rituel d'admission à l'université. Il était visible que nous étions différents dans les classes d'excellence, car, alors que la plupart des autres élèves savaient déjà où ils iraient, nous étions sur des charbons ardents. Aucun de nous ne souhaitait se retrouver dans le lycée de son secteur.

Lorsque je reçus la nouvelle, ma mère était à la maison. Je ne me souviens pas de la couleur de l'enveloppe ni de la longueur de la lettre. En revanche, je me rappelle avoir bondi sur place et enlacé ma mère. Je me rappelle qu'elle me sourit avec une réelle fierté et que c'était nouveau. Elle était souvent fière de moi et le montrait, mais c'était à cause de mon potentiel, parce que j'avais dit quelque chose qui laissait à penser que, dans un avenir indéfini, je parviendrais à me réaliser et à me dépasser. Cependant, ce jour-là, c'était bien moi, ici et maintenant, et non un rêve, qui illuminais son visage.

C'était aussi une année charnière pour mon frère. Bien qu'attiré par la rue, il était assez intelligent pour se rendre compte que personne n'avait jamais séduit une fille en se vantant d'avoir laissé tomber les études. Bill ne se fatigua pas à postuler ailleurs qu'à la Mecque. Il avait eu l'occasion de rendre visite à Kris et à Kell, il avait vu les fêtes, qui étaient déjà d'un autre niveau, et savait que la fac n'était pas qu'une collection de binoclards. C'était suffisant pour lui arracher le premier effort adulte de sa vie, et les résultats furent à la hauteur. Il fut accepté, le troisième de la famille à intégrer Howard.

La fin de l'année scolaire fut facile et musicale. Les cours étaient plus détendus. J'écrivais des chansons la nuit. Nous attendions tous l'excursion annuelle du collège au parc national Patapsco. Ma mère m'emmena acheter des habits à Reisterstown. Je choisis un survêtement bleu clair avec un tee-shirt Duke assorti, une casquette Starter, une paire d'Air bleu et blanc. Après, nous allâmes manger du poulet frit, du maïs, du chou vert et des petits pains. Le lendemain, j'enfilai ma nouvelle tenue avec fierté : jamais je n'avais été aussi stylé de ma vie. On nous avait dit d'apporter nos radiocassettes et de nous parer de nos plus beaux atours. Les profs fournissaient le pique-nique, les ballons et l'équipement de softball. On nous entassa dans des bus pour traverser la ville, quarante-cinq minutes de paysage urbain avant d'atteindre les grands espaces verts. J'ouvris la fenêtre pour humer l'air. Je souffrais du rhume des foins à l'époque, mais je ne me souviens pas d'avoir éternué ni de m'être frotté les yeux une seule fois.

La journée fut consacrée à l'exploration du parc. Nous nous faisions des passes, courions avec le ballon en criant « Henry Ellard » ou « Jerry Rice » en hommage à nos receveurs stars, lorsque l'armée des quatrième 7 apparut au sommet de la colline dans toute sa redoutable splendeur. Nous n'étions pas la seule classe de quatrième en excursion, bien sûr. Leurs pieds martelaient le chemin goudronné et ils fonçaient sur nous. Nous les avions reconnus de loin et, ne sachant à quoi nous attendre, nous étions sur la défensive. Cependant, personne ne s'enfuit.

Il fallait regarder la réalité en face. Nous ne pourrions jamais y échapper, nous étions condamnés à être toujours sur le pied de guerre. Quelqu'un devait avoir une radiocassette. J'aime à penser qu'on écoutait « Brothers Gonna Work It Out »[1] de Public Ennemy. Pourtant, c'était un an trop tôt : on n'était qu'au printemps 1989. J'étais encore un soldat balourd et hésitant, mais j'avais fait serment de mettre ma hache maladroite au service de la cause.

Ils ralentirent, hors d'haleine. Certains avaient les mains sur les genoux. Ils riaient. Alors, notre groupe s'autorisa à se détendre. Malgré tout, je restai à l'écart, déconcerté, convaincu que, quel que soit le respect accordé aux autres, je n'y avais pas droit. L'un d'eux s'approcha de moi – Ça va ou quoi, cousin ? –, le bras tendu. Je me raidis, à la fois effrayé et frustré. Je pensais à la manière dont ça allait finir avant même que quoi que ce

1. Les frères vont trouver une solution.

soit ait commencé. Puis il sourit. Je baissai les yeux et vis sa main ouverte en signe universel de paix. Alors, je tendis le bras à mon tour et lui tapai dans la paume.

5

This the Daisy Age

L'âge tendre[1] (« D.A.I.S.Y. Age »,
De La Soul, 1989)

Je portais une chemisette bleu ciel, des baskets Travel Fox marine et un jean délavé. J'avais un sac à dos en toile vert façon tie-dye avec de fines cordelettes jaunes en guise de sangles. Dans le dos, des badges à la gloire de mes héros : Bob Marley, Marcus Garvey*, Malcolm X. Trop stylé. Une coupe de cheveux qui avait deux jours à peine. Les contours si nets, les angles si tranchants qu'ils auraient pu scier les chaînes et libérer les esclaves. Il était probable que j'avais une croix égyptienne en bois au cou. Et tout aussi probable que j'étais armé de la Connaissance de Soi : *The COINTELPRO Papers* de Ward Churchill, ou *A Panther Is a Black Cat* de Reginald Major.

J'avais treize ans, mais je descendis les marches de la véranda comme si j'étais le fils de Dieu. Je traversai le parking du Mondawmin Mall sur un petit nuage, payai mon ticket, m'enfonçai dans

1. Littéralement, Daisy signifie « marguerite » mais c'est aussi l'acronyme de « Da Inner Sound, Y'all » (la musique intérieure, vous autres).

les entrailles du métro et en ressortis à Rogers. J'avais encore un bus à prendre, mais j'étais déjà abasourdi par mon nouveau statut. Malgré ma terreur et mes tremblements, malgré ma torpeur et ma bêtise, j'avais obtenu un passeport pour la cité royale. Je regrette de ne pas avoir fait une pause sur ce long quai, fermé les yeux et inspiré profondément. Je regrette de ne pas avoir pris le temps d'apprécier ce sentiment, de le chérir et de me rendre compte qu'il ne serait pas éternel. Mais j'étais jeune et immortel, alors je dévalai deux escaliers mécaniques et fis encore quelques mètres avant de déboucher sur le vaste terre-plein ensoleillé sous la station aérienne.

Sur la tête de Marcus Garvey, le West Side assurait grave. Tout le monde avait dévalisé Charley Rudo, High Energy, Shoe City et Robert C, et en était ressorti avec des piles de vêtements qui feraient de nous les rois de la sape pendant des mois. Rogers Avenue bourdonnait d'activité ; des dizaines de bus en route pour les quatre coins de la ville s'arrêtaient et redémarraient. Des garçons et des filles étaient rassemblés en petits groupes souriants. Plus libres que tous les ados que j'avais pu voir ces deux dernières années. J'étais seul, mais, fort de mon statut d'Homme originel, j'avançais sans crainte. J'avais survécu aux embuscades et aux caillleras en veste à capuche, un flingue à portée de main. J'avais survécu à mon père, à ses livres innombrables et à ses roustes impitoyables. J'avais survécu à l'ombre de Big Bill et émergé de l'autre côté, non pas un homme de la rue, mais de la Connaissance.

Un peu à l'écart, je me la jouais blasé, prenant des airs de dur pour faire honneur à William H.

Lemmel. Je m'installai à bord du 33, le bus affrété par la ville. Poly/Western défilait au-dessus du pare-brise, comme si nous étions en route pour notre destin. Le bus à moitié vide à Rogers se remplit tout au long de Wabash Avenue et de Cold Spring Lane. Je regardais monter ces élèves qui étaient à la fois comme moi et différents. Ils sortaient eux aussi des bonnes classes de leur collège, mais ils avaient étudié dans des établissements moins difficiles, avaient grandi dans des quartiers où les maisons n'étaient pas mitoyennes, où l'on disposait de terrains pour jouer au football à l'automne. Bien sûr, on était encore à West Baltimore et ils affichaient la réserve de ce pays entravé. Mais ils avaient recouvré leur rire et l'exhibaient sans se soucier de paraître faibles.

Pendant l'été, j'avais suivi des cours préparatoires sur le campus de l'université du Maryland, un de ces multiples stages où nos parents nous envoyaient, dans l'espoir que ce qu'ils n'avaient pas réussi à nous inculquer finirait par rentrer en changeant d'approche. Pendant un mois, j'avais vécu dans une résidence universitaire avec des collégiens venus de toute la ville. La journée, nous allions en cours de science ou faisions des visites culturelles. Nous mangions à la cafétéria. Nous passions nos heures de loisir à nager, à traîner au salon de la résidence, à mater des films sur le câble ou à écouter « Back to Life » de Soul II Soul sur nos ghetto-blasters, assis dans le couloir. Le vendredi, nos parents venaient nous chercher ou nous nous entassions à bord du bus 20, regardant la campagne défiler de l'autre côté des vitres. On organisait des spectacles. Notre groupe fit du play-back sur « Children's Story » de Slick Rick.

J'étais le narrateur. Mon pote Isaac jouait le personnage principal : il attrapait la femme et pointait l'automatique sur sa tête.

La nuit, les portes n'étaient pas verrouillées et il y avait des allées et venues dans les couloirs. Nous étions gauches, ne savions pas comment nous conduire avec les filles, mais l'adulte en nous cherchait à s'exprimer. Un soir, Kiesha franchit le seuil de ma chambre à une heure indue. La lumière de l'aube me réveilla et, dans la pénombre, elle était angélique. En plein jour, nous avions des discussions vagues et amicales. Elle était fine, avait le teint foncé et venait de Cherry Hill, où on tabassait les nègres à coups de barre de fer avant de les balancer de Key Bridge. Nous avions échangé nos numéros et le week-end nous avions de grandes conversations téléphoniques à trois. Elle s'allongea à côté de moi, les bras croisés sur la poitrine :

— Tu es bien ?

Elle me répondit par l'affirmative. Je me rendormis. Le lendemain matin, toutes les filles me demandèrent en gloussant si j'étais homo. Elles étaient plus dégourdies que moi. Je n'avais que treize ans. On était en 1989. J'avais encore beaucoup à apprendre.

Le 33 s'arrêta devant Poly où se pressait une foule surexcitée par la rentrée. J'essayais d'avoir l'air cool, mais je me sentais fébrile. Je cherchai aussitôt à repérer les filles et ce que je vis défiait l'entendement. Il y en avait de toute la ville : Westport, Hollander Ridge, Gwynn Oak, Northwood. Et toutes les couleurs étaient représentées, du café au lait le plus clair à l'ébène le plus sombre. Les belles gosses avaient des sacs Benetton et elles étaient apprêtées comme des actrices des années 1930 : cheveux crantés et teints en blond, des yeux pareils à des dagues enchantées. Je vis que nous n'étions pas en position de force, mais les frères qui optent pour l'approche civilisée ne le sont jamais. Cependant, une fois n'est pas coutume, c'était excitant.

Certains visages me ramenèrent en arrière, à l'époque de Callaway Elementary et de Mme Rhone. Je reconnus aussi quelques têtes croisées pendant l'été sur le campus, et deux ou trois transfuges de Lemmel. Je ne me rappelle pas avoir entendu la moindre sonnerie. Tout le monde se mit simplement en rang à l'heure dite pour se diriger vers la classe indiquée dans le courrier reçu quelques jours plus tôt. Je me trouvai devant mon premier professeur blanc, un vieux monsieur à lunettes avec le crâne dégarni, relique du temps où l'établissement était fréquenté par une population différente. Nous étions d'une autre espèce, faits d'un autre bois que les garçons à qui il enseignait à ses débuts, ou que ses anciens collègues aux cheveux sages, en chemisette blanche et cravate.

Poly avait suivi l'évolution culturelle et démographique de Baltimore. Notre tour était venu. L'horizon s'éclaircissait. Nous nous relevions du crack, même si nous en subissions encore les contrecoups. Je craignais moins les embuscades. Les météorologues promettaient du soleil. On parlait moins des fusillades dans les écoles et plus du grand retour noir. Chuck D remettait les pendules à l'heure et Elvis en prenait pour son grade. Nos héros à nous ne figuraient pas sur des timbres. Le soir, j'écoutais « Strictly Snappin'

Necks » d'EPMD et inventais des paroles. C'était la scène qui désormais alimentait toutes mes rêveries. Elle était sombre et silencieuse, jusqu'à ce que je brandisse ma hache. Alors, fables et contes s'envolaient du micro.

À la Mecque, Big Bill était encore en phase de transition. Dans sa chambre universitaire, il planquait son arme parmi ses vêtements et ses godasses, ses CD, ses cassettes et les carnets jaunes où il notait des rimes. Il était submergé par sa nouvelle liberté : pas de règles, pas de corvées, la possibilité de fumer plusieurs joints d'affilée. Il évoluait lentement. Il avait pris quelques livres de notre père et commençait à entendre l'appel. Cependant, il redoutait de perdre son essence, de voir s'éroder les dons extra-sensoriels qu'il avait acquis dans la rue. Il était arrivé avec une vision caricaturale de la fac, qu'il imaginait peuplée de binoclards et de bouffons, des types capables de calculer la température sur Mars, mais pas fichus de donner l'heure. Bill avait été façonné par les lois de la survie. Il était un soldat et il ne se laisserait pas choper sans défense dehors. Sauf que le « dehors » était bien plus vaste qu'il ne l'avait imaginé.

Ses préjugés fondirent dès la première semaine. Il trouva des intellos, bien sûr, qui arpentaient la ville comme si rien ne pouvait leur arriver et rentraient esquintés, égratignés et délestés de quelques billets. Mais c'était la Mecque, l'incroyable cité cosmopolite noire. Putain, ce campus était radioactif.

On y voyait des Blancs errer sans but, qui finissaient par bronzer et citer Amilcar Cabral*.

Il y avait des étudiants de troisième génération pour qui Howard était une affaire de famille. Il y avait des fraternités au nom de lettres grecques. Il y avait des meufs trop belles, des milliers, aux formes, aux parfums et aux accents tous différents. Il y avait des cliques et des chapelles, traditionnelles ou alternatives, et des jeunes qui se regroupaient autour de leur intérêt pour la robotique, le badminton, l'immobilier ou le bahaïsme.

Il y avait le campus, où l'on sentait encore l'âme des anciens élèves, qui avaient sacrifié leur vie et leur carrière à leur peuple. Comme à Lemmel, les bâtiments portaient le nom de patriotes : Frederick Douglass*, Charles Drew*, Harriet Tubman* et Mary Bethune*. Il y avait des matchs de foot américain, où, en plein milieu de l'hymne de la fac, la foule hurlait en chœur : « Ce n'est pas une école blanche ! » Il y avait des cours où les débats s'enflammaient et se poursuivaient jusque dans le couloir. Qu'il s'agisse des contras ou du réchauffement climatique, le filtre était toujours celui de Garvey et du panafricanisme. Ce martèlement constant – l'esprit des ancêtres, les noms donnés aux bâtiments, les séances de travaux dirigés – produisait une conscience commune et l'espoir d'une nouvelle Connaissance plus aboutie.

Bill était ébloui et, parmi toutes les chapelles, il ne tarda pas à trouver la sienne : des rescapés des ruines de Lansing, New York ou Detroit, qui avaient saisi leur chance. À Sutton Hall, ils se réunissaient autour de joints roulés dans des feuilles de tabac : l'antidrogue de notre génération. La cocaïne avait fait de leur enfance une période convulsive et électrique. Ils avaient traversé la préadolescence à toute berzingue. Le taux d'homicides et les grossesses précoces avaient oblitéré les charmants paysages de la puberté, les premiers baisers et les premières expériences sexuelles. C'était allé trop vite. Alors, à Howard, ils avaient créé le culte de la fumette. Les fidèles se réunissaient en petits groupes et faisaient tourner le bédo suivant un ordre religieux. Tout le monde était en mode *peace and love*. Le joint, c'était leur soirée guitare et feu de camp, un moment de communion fraternelle, l'occasion de calmer le jeu.

Mais, si les autres vivaient une grande expérience spirituelle, Bill comprit tout de suite ce qu'il pouvait tirer de la situation. Le rituel était de se cotiser pour acheter dix dollars d'herbe. Puis de passer la soirée à se plaindre que la beuh était naze et mal servie. Très peu pour Bill. Il décida qu'il valait mieux mettre un peu de thune de côté, acheter trente grammes, en vendre assez pour se réapprovisionner et garder l'excédent pour sa conso personnelle. Ainsi, il devint le dealer attitré de la cité U, ce qui lui permit de tisser tout un réseau de relations autour du campus, pas si différent de celui qu'il avait à Baltimore. Il se défonçait et faisait la fête avec ses nouveaux copains. Après les cours, ils allaient jouer au basket. Ils connaissaient les règles et se déplaçaient toujours en nombre afin de tenir à distance les lascars de Washington qui les prenaient pour des étudiants gnan-gnan. Bill eut chaud aux fesses quelques fois. Sur le terrain, il parlait à tort et à travers, enchaînait les *dunks*, puis rugissait en se frappant la poitrine. Il finit par saouler un soldat local qui se rendit à sa voiture et revint en faisant tournoyer une batte d'aluminium. Mais Bill resta cool. Il savait qu'à tout moment il pouvait plonger la main dans sa ceinture et avoir le dernier mot.

La famille s'agrandit. Je n'avais pas mis les pieds dans Barrington Road depuis des années, et, après Lemmel, j'avais cessé de rêver d'un éventuel retour. La maison magique avait été vendue aux Solomon, un jeune couple avec un fils d'un an de moins que moi. Le père s'appelait Wellis. La mère Jovett. Le garçon Kier. À l'époque, les Solomon venaient chez nous le week-end afin de régler d'obscurs détails immobiliers sans intérêt pour les enfants. Kier et moi jouions au ballon sur la pelouse ou nous affrontions en duel, armés de bâtons et de couvercles de poubelle métalliques. Ce fut l'une de ces brèves amitiés qui parsèment l'enfance et s'éteignent lorsque les parents cessent de se voir.

Mais les Solomon réapparurent dans notre vie quelques années plus tard, victimes du fléau de notre temps : une famille sans père. Mes parents se retrouvèrent dans le salon de Jovett – un colis envoyé à la mauvaise adresse les avait amenés là – et, après les politesses d'usage, la conversation prit un tour plus personnel. Wellis était décédé. Jovett se retrouvait seule, sans travail, avec un garçon à charge. Mon père avait viré conservateur. Non pas comme les démonologues qui nous avaient vendus pour un poste universitaire et quelques miettes, mais comme un homme revenu des illusions révolutionnaires qui se consacrait désormais à la mission plus modeste de sauver une âme à la fois. Un des membres de son ordre était tombé. Qui porterait ses couleurs et son épée ?

Mes parents rentrèrent à la maison et eurent une longue discussion. Ils travaillaient tous les deux à Washington, et s'occupaient de Black Press le soir et le week-end. Il leur arrivait d'embaucher quelqu'un ponctuellement pour donner un coup de main à l'imprimerie. Mais ils devaient faire face à une demande croissante. Ils avaient commencé par publier quelques pamphlets de J. A. Rogers et, rapidement, ils étaient devenus un pilier de la Conscience noire à Baltimore. À présent, leurs livres se vendaient à travers tout le pays et une employée ne serait pas de trop. C'est ainsi que Jovett arriva à Tioga et se rapprocha peu à peu de la famille. Son fils était pour moi un frère de circonstance. Il venait à la maison après la classe et attendait que sa mère ait terminé, ou l'accompagnait le week-end si elle travaillait.

Nous ne nous ressemblions pas : la rue le faisait vibrer, alors qu'il n'y avait là aucun avenir pour moi. Malgré tout, j'étais un gamin espiègle et, comme la plupart des garçons, j'avais envie de tester les limites de mon monde. Kier avait un an de moins, mais à nous voir ensemble on ne l'aurait jamais deviné. Nous faisions des paniers dans la ruelle ou nous chopions la dernière séance à Harbor Park. Nous filions une pièce aux poivrots pour qu'ils nous achètent de la bière, et, quand nous étions pétés, nous essayions de marcher droit et de nous toucher le nez avec les yeux fermés.

Nos mères décidèrent d'unir leurs forces. Bien que nous eussions encore deux ou trois ans devant nous, elles entreprirent de nous entraîner au SAT, le QCM d'admission à l'université. Elles nous donnaient des exercices de vocabulaire, de maths et des conseils pour deviner la bonne réponse en dernier recours. Il semblait que ma mère avait fait réviser des enfants toute sa vie. Le soir, elles allaient danser la salsa au Blue Caribbean. Elles partirent en vacances ensemble à la Barbade, puis Jovett et Kier nous accompagnèrent à l'occasion de notre pèlerinage annuel dans la région d'origine de ma mère : l'Eastern Shore du Maryland. Tante Toppie nous accueillit chez elle. Elle nous préparait des gaufres au petit déjeuner. Nous étions une famille sans frontières.

J'étais obsédé par l'idée que je n'étais pas né au bon moment. Toutes les grandes guerres appartenaient au passé et j'en étais réduit à piller les mythes de mes pères. Oh, comme je brûlais de reprendre le flambeau de John Brown ou de zigouiller le bâtard qui avait balancé Denmark Vesey ! Je traînais dans nos librairies, feuilletant Chancellor Williams* et Kwame Ture*. J'écoutais sur mon walkman le discours de Malcolm « The Ballot or the Bullet » (Le Vote ou la Vie), j'épinglais des badges de Garvey en uniforme d'apparat sur mon sac de cours et arborais un tee-shirt au slogan péremptoire : « Un Dieu. Un but. Un destin. » Je lus *The Iceman Inheritance* de Michael Bradley et flirtai avec la suprématie de la mélanine. Nous avions été si longtemps opprimés que nous voulions désespérément entendre que nous valions mieux que les autres. Alors, nous acclamions les charlatans et leur science idiote, retournant les mythologies pour que les sauvages ne soient plus les joueurs de tam-tam et les danseurs, mais Hera et Thor.

Je continuais de dévaliser la bibliothèque de mon père. Mais, alors qu'il chérissait l'objet autant que son contenu, je ne m'intéressais qu'aux mots. Je dévorais les livres et les recrachais comme des coquilles vides. Quand il trouva la couverture déchirée de *Crève, sale nègre, crève*, de Brown H. Rapp, il me flanqua un coup qui m'envoya au tapis. Il ne me bannit pas du paradis, mais, après s'être calmé, m'expliqua que je vivais dans un temple et que j'avais la chance d'avoir accès à une Connaissance perdue pour beaucoup. En échange, je devais honorer et respecter ces ouvrages.

J'avais l'esprit en effervescence. Quand j'avais une idée fixe, je ne pensais qu'à cela et il n'y avait de place pour rien d'autre. Des désirs irrépressibles me prenaient tous les quarts d'heure, l'un chassant le précédent. Je n'arrivais pas à me concentrer. Dans une pièce blanche, hermétique et vide, peut-être. Mais, à la puberté, j'étais la proie de pulsions que je ne contrôlais pas. Au lycée, j'étais un élève difficile. À la fin du premier semestre, je n'atteignais pas la moyenne dans trois matières. Je me sentais pourtant capable d'obtenir prix et récompenses, et parfois je le souhaitais. Mais je désirais encore plus vivre dans ma tête, et ne m'arrachais à mes rêves que pour rire ou surveiller les rues sur le trajet du retour.

Je croyais à l'intelligence de la race, je pensais que j'étais le descendant de ceux qui avaient aligné les pyramides et vu les anneaux de lointaines planètes à l'œil nu. C'était mon glorieux héritage. J'aurais dû l'employer à bon escient, mais au lieu de cela je traînais avec des mecs qui étudiaient les nouveaux profs et repéraient tout de suite ceux qu'ils pourraient enfumer. Les profs qui auraient dû enseigner à des enfants de bonne famille, à Bryn Mawr ou à Calvert Hall. Ils étaient démunis face à nous. Et j'en profitais. Au fond de la salle, nous bavardions et jetions des boulettes de papier sur les filles. Toutes les dix minutes, je demandais à sortir pour aller aux toilettes et je déambulais dans les couloirs, faisant la grimace à mes potes assis dans d'autres classes. Je priais pour qu'on ait un remplaçant. Alors, j'entrais, le toisais genre tu-sais-ce-qui-t'attend, et c'était parti : les avions de papier volaient, on changeait de place, on projetait des trombones à l'aide d'élastiques à travers la pièce.

Et je trouvais ça très drôle, je m'éclatais, jusqu'au jour où mon père se pointa. Après quelques réunions de parents d'élèves où mon comportement avait été signalé, mon père se mit à débarquer sans prévenir en cours. Il ne me prit jamais sur le fait, mais il passait l'heure assis au fond de la classe, avec son futal et ses Clarks, et moi je me tapais la honte. Pourtant, cela ne suffit pas. Je requérais plus d'attention que je n'en méritais. À Lemmel, je travaillais uniquement parce que mes professeurs ne me laissaient pas le choix. Ils se rencontraient, s'organisaient, nous encadraient à deux ou trois s'il le fallait, nous retenaient après les cours, nous poussaient, nous harcelaient. En fait, ils combinaient les rôles de pasteur, de parent et de psy. Leur passion était communicative. À Poly, en revanche, enseigner était un simple boulot. Les professeurs faisaient leur travail et nous demandaient d'en faire autant. Mais j'attendais beaucoup plus d'eux, et presque rien de moi.

Ma première année à la cité royale s'acheva en beauté : je me retrouvai menotté dans le bureau de la sécurité. Mon professeur d'anglais au second semestre était un petit homme à la voix fluette. C'était mon dernier cours de l'après-midi et il parlait d'un ton si monotone que mes paupières se fermaient toutes seules. Je lui accordais à peu près autant d'estime qu'à une fourmilière et pensais avoir droit à une grande déférence en retour. C'était à la fin de l'année scolaire, une de ces radieuses journées de printemps bouillonnantes de sève, où les élèves ne tiennent pas en place. Et il fallait se farcir ce minus qui pérorait sur les adverbes, les propositions et les conjonctions. Franchement, comment pouvait-on s'intéresser aux conjonctions quand on avait passé la journée à mater Tamara Garett dans son petit jean moulant et qu'on savait qu'elle serait dans le bus 44 tout à l'heure, ses beaux yeux veloutés hypnotisant tous les voyageurs.

J'arrivai en cours dans cet état d'esprit, cherchant confusément une échappatoire. Je restai un moment à l'entrée, blaguant avec un pote, tandis que les autres s'asseyaient. Le prof me demanda à plusieurs reprises de rejoindre ma place avant de perdre son calme. Je ne me souviens même plus de ses paroles, mais il avait haussé le ton et m'avait humilié devant tout le monde : je ne pouvais pas laisser passer cela.

Ma main s'écrasa sur son visage :

— Je vous interdis de me crier dessus. Vous avez pas intérêt à recommencer.

Il m'ordonna calmement de sortir, puis appela la sécurité du lycée. J'étais tellement remonté et boosté à l'ego que j'injuriai l'agent. Il finit par me mettre les menottes et me conduire à son bureau, où il rédigea un rapport. Je fus exclu de l'établissement sur-le-champ et on évoqua mon renvoi définitif. Je ne devais revenir qu'accompagné de l'un de mes parents. Je pris le 33 pour rentrer, seul, et ce n'est qu'à cet instant que je réalisai ce qui s'était passé. Toute ma vie, j'étais resté à ma place. J'en avais assez et je venais d'établir mes limites. D'affirmer mon droit au respect. Mais il y avait un prix. Et c'était mon père qui allait me le réclamer.

Il m'attendait à la porte, une fois de plus à la maison au pire moment imaginable. Il était là avec ma mère et Jovett, affichant un étrange demi-sourire, mélange de stupeur et de colère. Jovett nous laissa et le coup partit. Sa paume grande ouverte s'abattit sur moi et je m'écroulai par terre.

Ma mère intervint :

— Paul, Paul.

Il la repoussa sans ménagement :

— Ne t'en mêle pas.

Et il se mit à me frapper à tour de bras, sa main animée par un qi aussi ancien que l'esclavage. Une énergie vitale transmise de génération en génération, qui prenait sa source chez ces mères prêtes à tout pour protéger leurs fils du fouet, puis du bûcher, de la corde et du gros shérif. Mon père frappait avec la force d'une armée d'esclaves révoltés. Il frappait comme la peur, comme si le monde se refermait et l'acculait. Il frappait pour me sauver la vie. Après, alors que je pleurais toutes les larmes de mon corps dans ma chambre, ils tinrent une brève conférence. Qui se résumait à une phrase essentielle :

— Cheryl, qu'est-ce que tu préfères ? Que ce soit moi ou la police qui s'en charge ?

Ma mère me parla quelques heures plus tard dans notre petite cuisine. Elle s'efforça d'expliquer ce qu'elle ressentait, mais ne réussit qu'à éclater en sanglots. Elle savait que j'ignorais à quel point j'étais et serais toujours proche de l'abîme, que des tas de garçons comme moi étaient détruits de manière absurde, invraisemblable. On s'amusait à jeter des boules de neige sur les taxis devant le 7-Eleven, on courait dans la rue, quand soudain on se retrouvait entouré de flics armés, à un faux mouvement d'être abattu. Je serais toujours à un faux mouvement près. J'aurais toujours une épée de Damoclès au-dessus de la tête.

Pour la première fois de leur vie, mes parents plaidèrent ma cause. Ce soir-là, ils m'emmenèrent manger au Long John Silver's, au Mondawmin Mall. Nous avions l'habitude de discuter. Ils n'avaient pas de dettes. Ils allèrent voir le proviseur pour témoigner de ma bonne moralité. Ils allèrent voir mon prof d'anglais pour lui certifier que je n'étais pas une menace. Ils allèrent voir l'agent de sécurité afin qu'il sache que je ne consommais pas de drogue. Ils allèrent voir un magistrat local pour le convaincre qu'il n'était pas nécessaire que la justice s'en mêle.

Je retournai en cours au bout de huit jours et, quelques semaines plus tard, c'étaient les vacances d'été. Ma mère me conduisit au Baltimore City College, le lycée rival de Poly, et m'inscrivit à des cours de rattrapage. Le soir, quand je rentrais, je trouvais un nouveau carton de livres qui m'attendait. Je passais mes week-ends avec les copains du quartier. Le samedi, il y avait toujours une des mères – sauf la mienne – qui travaillait de nuit. On se réunissait dans la maison désertée, on appelait les meufs, on écoutait des cassettes et on faisait tourner les bouteilles pour se déchirer la tête.

Me voici devant le Mondawmin Mall qui soudoie des poivrots. Je regagne la baraque élue avec du vin bon marché, on se tape dans la main et je distribue les sacs en papier brun. Une heure plus tard, je suis défoncé et je tripote une fille à contretemps. Je me réveille avec des cloches qui sonnent contre mes tempes et des oiseaux de douleur qui décrivent des cercles au-dessus de moi. Je continue ainsi pendant des mois, jusqu'au jour où, après un pari, je descends une bouteille d'un litre de bière forte et passe le lendemain matin à faire des câlins à la cuvette des toilettes.

Mes parents ne me prirent jamais sur le fait, mais ils voyaient bien que je partais en vrille. Mon père appela à la rescousse d'anciennes connaissances à Washington, datant de l'époque où il vendait des livres à la Mecque : il se mit en relation avec un groupe nommé NationHouse. Pas plus que mon père, les hommes et les femmes de NationHouse ne croyaient à un soulèvement brutal. Ils pensaient que la révolution devait se construire. Ils avaient acheté un bâtiment en plein cœur du nord-est ravagé de Washington, un poste de commandement pour créer un État dans l'État.

Conformément à la tradition des Akans d'Afrique de l'Ouest, tous leurs enfants étaient nommés en fonction du jour de leur naissance : Kofi si on naissait un vendredi, Kwaku si c'était un mercredi. NationHouse était un lieu où fleurissaient la Connaissance et la culture : récitals de jazz, *spoken word*, conférences sur notre passé royal et solutions pour le ressusciter. Ils avaient créé une école pour leurs enfants, les envoyaient suivre des unités d'enseignement universitaire à quatorze ans puis passer leur licence deux ans plus tard. Tout le monde portait des *dashikis* et des pagnes, se coiffait de *kufis** et de turbans. Pas une permanente à l'horizon.

Ils avaient également acquis plusieurs hectares en Virginie, en plein territoire confédéré. Les terres consacrées un siècle plus tôt par le labeur de nos mères connaissaient un renouveau spirituel. Il y avait un cimetière d'esclaves que rien ne signalait, hormis de petites dépressions. Il y avait un sentier que Gabriel Prosser* – respect – avait foulé avant d'être trahi, alors qu'il planifiait sa révolte.

Un dimanche, mon père nous fit tous grimper dans le break jaune et marron, Kier, Jovett, maman et moi. Il compara les indications qu'il avait griffonnées sur un bout de papier à son atlas routier. C'était un mois d'août torride. On nous emmenait en Virginie, Kier et moi, où Nation-House organisait des camps de vacances dans l'espoir de déprogrammer les enfants pervertis par les mensonges du Grand Satan. On roula longtemps le long d'une voie rapide avant de bifurquer sur une autre voie rapide, qui finit par se transformer en rue, puis en chemin de terre. Les territoires libérés n'étaient pas très impressionnants. Je vis une vaste demeure entourée de champs, une vallée et une forêt. Il fallut passer par un bureau d'accueil pour remplir des formulaires, puis on nous laissa avec nos sacs de couchage à capuche, de la lotion anti-insectes, des lampes électriques du surplus militaire et quelques vêtements de rechange.

Nous ne connaissions personne, mais nous n'éprouvions aucune appréhension. Comme nous étions en avance, nous lancions un ballon dans un arceau sans filet derrière la maison en attendant les autres. Les adolescents arrivaient au compte-gouttes. Un premier garçon nous rejoignit et bientôt nous étions assez pour jouer à trois contre trois. À cette époque, j'avais compris que rien ne valait un ballon et un panier pour briser la glace. Les autres étaient tous des habitués du camp, mais au dîner on blaguait avec eux et on jouait déjà aux vieux briscards : à la guerre, on ne mangeait pas aussi bien. On devait se contenter d'une gamelle de gruau et on s'estimait heureux.

Pendant les deux semaines suivantes, j'eus droit au lot de taquineries d'usage. Grand, gauche et incapable de faire un tir en suspension, j'étais une cible trop tentante. Mais je me sentais à ma place comme jamais auparavant. Nous savions tous qu'on ne célébrait pas le 4-Juillet et qui était Nkrumah.

Tous nos prénoms étaient étrangers – Kwame, Jua, Ansentewaa – et liés au continent originel. C'était comme si, sur ces terres sacrées, la révolution avait réussi et que le monde avait été réinventé tel que nos frères le rêvaient en 1968. Ici, je me fondais dans la masse et je me sentais accepté. Être banal me procurait un sentiment de liberté.

Les bonbons, les biscuits et les gâteaux étaient prohibés. On nous servait du porridge au petit déjeuner, des sandwichs à midi et du mafé le soir. Le vendredi, c'était fête : saucisses de dinde et frites. Nous appelions tous les adultes mama et baba. Le matin au réveil, nous courions mille six cents mètres, puis nous nous douchions, avant de participer aux activités du jour. Pendant notre temps libre, nous improvisions des matchs de football et de basket. Parfois, nous campions. Alors il fallait monter la garde chacun son tour pendant la nuit.

Je me souviens de la salle commune au rez-de-chaussée de la grande maison. Quand il y avait soirée cinéma, même les films avaient un rôle instructif. *Les Démolisseurs* provoquaient l'hilarité chaque fois que retentissaient les puissantes détonations du flingue de Jim Brown alors que les armes de ses ennemis racistes ne produisaient qu'un pauvre « pop-pop ». Le lendemain, on nous passa *Notre agent de Harlem*, adapté du roman de Sam Greenlee sur la révolution noire. Pendant l'heure suivante, l'un de nos babas dirigea le débat. Était-ce plausible ? Qu'avions-nous appris sur la nature de la suprématie blanche ?

Au quotidien, cependant, nous avions des préoccupations plus terre à terre. J'avais quatorze ans et mes hormones me travaillaient. Devant les filles, j'avais tendance à perdre mes moyens et à oublier jusqu'à mon nom et mon adresse. Car, bien sûr, elles étaient là, venant de toute la côte Est, somptueusement noires : dreadlocks, nattes, tresses africaines, cheveux courts au naturel, et foulards pour les deux ou trois écervelées permanentées. Kier fit une touche dès le début et ces deux-là passèrent le reste des vacances à disparaître à toute heure du jour et de la nuit. En ce qui me concernait, j'avais beau être dans mon élément, je restais moi-même : mal dans ma peau, toujours à contretemps, des miettes dans les cheveux et des taches de jus de fruit sur le tee-shirt. Alors, je cherchais d'autres façons de canaliser toute cette énergie inopportune.

À l'issue du camp, nous devions présenter un spectacle devant nos parents. Il y aurait des percussions et de la danse, des rythmes et des gestes ramenés d'Afrique de l'Ouest, du temps où nous pensions trouver là-bas une réponse à tous nos problèmes. Pour moi, le rap était un moyen de nous reconnecter à la Connaissance du Vieux Continent. C'était notre bateau de retour, alimenté par l'angoisse et l'aliénation de notre époque. Une heure devant moi, un stylo et un carnet : j'étais branché sur une autre fréquence. La sphère matérielle cédait la place à un monde plus proche de mes aspirations. Je peux dire aujourd'hui que le hip-hop m'a sauvé la vie. Une part de moi était encore coupée des autres. Je les aimais, mais surtout parce que je n'avais pas le choix. Le hip-hop était notre langage commun. Au cours de ce mois d'août en territoire libéré, cependant, j'appris qu'il existait différentes façons de communiquer, une langue maternelle qui, quels que soient notre âge et nos intérêts, vivait en chacun de nous.

Le djembé est un instrument de percussion taillé dans une pièce de bois massif. La base large et creuse se rétrécit, pour s'évaser de nouveau à partir du centre. La tête fait presque trois fois le diamètre du pied. Le fût est couvert d'une peau de chèvre rasée tendue par des cordes. On joue du djembé à mains nues. Il possède une gamme étendue qui va de la note la plus aiguë, le son dit « claqué », jusqu'à une basse presque inaudible, en passant par une tonique mate. Il est généralement accompagné d'un dundun, un gros tambour sur lequel on tape à l'aide d'une baguette.

J'étais fasciné par l'instrument depuis que je l'avais découvert. Ou du moins depuis que je l'avais redécouvert, car, autrefois, à chaque événement où mon père vendait des livres, il y avait toujours quelqu'un qui en jouait, tandis qu'une mama enturbannée entonnait le chant swahili « Funga Alafia ». Ce soudain intérêt était sans doute lié à mon âge : le djembé, la façon dont il se place entre les jambes, est l'incarnation de la virilité. C'est pour cette raison, me semble-t-il, qu'il exerce un tel attrait sur les adolescents cherchant un moyen d'exprimer les changements qu'ils sentent en eux. Il y avait un garçon en particulier. Sous ses mains, le tambour claquait comme un fusil, si les fusils avaient été conçus pour jouer de la musique. La première fois, ce frère, qui était à peine plus âgé que moi, le fixa entre ses jambes à l'aide d'une longue lanière et se mit à le faire chanter sans effort apparent. Nous apprenions les pas mandingues, les girations traditionnelles qui guérissaient les fous, célébraient les moissons ou inauguraient un tournoi. J'étais paralysé. Même si la cause première était la peur – tout le monde savait que je dansais avec autant de maladresse que je me déplaçais –, j'étais surtout tétanisé par le naturel de ce garçon. Il semblait que rien dans son jeu n'était prémédité. Je percevais le rythme de base, mais les sons qu'il tirait de son tambour révélaient qu'il entendait autre chose. J'étais ensorcelé.

Le dundun marquait une pulsation régulière. Le djembé le suivait pendant un moment, puis partait dans un solo habité. Chaque rythme correspondait à un pas de danse. Le battement de cœur du dundun accompagnait l'instrument clair et aigu. J'avais l'impression de regarder un grand rappeur rimer sans paroles, faire du scat presque, inventant devant nous de nouvelles formes et de nouveaux rythmes. Ma respiration s'accélérait dès que résonnaient les tambours. Je hochais la tête sans même m'en rendre compte. Mes mains bougeaient involontairement.

Et je n'étais pas le plus atteint. Le dernier jour, nous présentâmes notre spectacle, des danses et des chants fougueux qui nous rattachaient à la terre originelle. À la fin, nos parents fiers et souriants nous félicitèrent. Ma mère affirma que je me tenais plus droit, que j'avais minci et que j'avais l'air plus sûr de moi. Au moment de faire mes adieux, je trouvai un groupe autour de notre prof de danse. C'était une jolie femme aux cheveux courts qui portait des lunettes : une seconde épouse, selon la tradition des Akans, accueillie avec son jeune fils par l'un des patriarches.

Elle avançait et reculait sur une ligne, bondissait presque, les poings sur les hanches, les yeux roulant frénétiquement. Son mari qui se tenait à côté expliqua que les tambours avaient appelé les anciennes divinités et que l'une d'elles avait pris possession de son corps. Elle était devenue un oracle. Nous nous approchâmes tour à tour, et, à genoux, dans un tourbillon confus de langues, chacun reçut un mot en anglais, une parole censée nous guider. Rien de tout cela n'avait été prévu. Nos parents restèrent en retrait.

Je ne compris pas ce qu'elle me dit et ne m'en souviens pas. Je n'avais aucun outil pour analyser ce que je voyais. J'avais été élevé athée, avec en guise de Dieu un panthéon d'ancêtres, certains par le sang, d'autres par l'esprit, qui avaient fait de moi celui que j'étais. Je ne savais si je croyais à cette transe et je ne le sais toujours pas. Une chose est sûre, à l'appel du djembé j'étais dans un état d'exaltation frénétique et je me sentais parcouru de flux d'énergie sur lesquels je n'exerçais aucun contrôle. L'idée d'avoir accès à cette force qui émanait directement de la terre mère me donnait le vertige. Sur le trajet du retour, ce dimanche soir, alors que nous roulions à travers les ténèbres virginiennes, je ne pensais qu'aux percussions. Je n'entendais que les rythmes effrénés dans ma tête.

6

Float like gravity, never had a cavity

Flotte en apesanteur, jamais une carie
(« Buggin' Out », A Tribe Called Quest, 1991)

Il faisait encore nuit lorsque les babas nous déposèrent à la pointe de Washington, ou « Chocolate City », ainsi que la ville était parfois appelée en raison de son importante population afro-américaine. Nous entendions les voitures rouler dans les flaques sur le pont routier au-dessus de nous, projetant des gerbes d'eau. Nous étions cinq au total, cinq avec des noms tous plus lourds à porter les uns que les autres : Ibrahim, Changamire, Banatunde, Kier et moi, l'aîné, et par voie de conséquence le chef supposé. Une semaine plus tôt, nous étions en Virginie. Ce jour-là, on nous avait entraînés toute la journée, avant de nous faire lutter dehors contre des garçons plus âgés et plus costauds. J'avais adopté la posture de garde enseignée par baba Mike, mon moniteur d'autodéfense : coudes pliés, bras droit en arrière. Mais, face au grand Kwaku, qui avait été initié l'année précédente, j'oubliai tout ce qu'on nous avait appris et me retrouvai à improviser tant bien que mal. Il me roua de coups pendant deux bonnes minutes. Cela peut paraître court, pourtant, en situation réelle, c'est suffisant pour vous bousiller le cerveau, ou au moins pour détruire les fonctions cérébrales supérieures. Heureusement, c'était un simple entraînement, mais je ne pense pas avoir réussi à lui décocher le moindre direct. Après, on nous servit du poulet frit et des légumes afin de nous requinquer.

Une semaine plus tard, un nouvel exercice nous attendait. On nous avait lâchés tous les cinq dans un environnement hostile, avec pour mission de regagner le siège de NationHouse à Washington. C'était la dernière épreuve avant l'initiation. Bientôt, nous serions des hommes, même si d'ici là il fallait toujours obéir aux babas, rapporter de bonnes notes et éviter de lorgner les filles ouvertement. Le monde était là qui nous attendait, et peu de garçons de notre génération étaient prêts.

On était en 1991. La folie était un peu retombée. Le crack disparaissait dans les volutes des joints. Malgré tout, le soir, l'Enchanteresse continuait d'apparaître à mes frères noirs et de tisser ses sortilèges de violence. Le lendemain, à leur réveil, ils rejoignaient d'un pas lourd le croisement, le centre de loisirs ou le terrain de sport. Et là, ils se vantaient du taux de criminalité de leur quartier et intriguaient pour décrocher le titre de capitale du meurtre.

Le tiers vertueux ne se laissait pas décourager. Des grands-mères arrivaient de Caroline, attrapaient par l'oreille les garçons qui traînaient dehors et les envoyaient dans des lieux de cultes défaillants. Des oncles revenus d'Allemagne ou de

Corée calottaient les jeunes cons. Des pères bannis derrière les barreaux les suppliaient en PCV ou de l'autre côté d'un panneau de Plexiglas. Enfin, il y avait les grands autodidactes et les formidables prophètes – Dr Ben, John Henrik Clarke, Asa Hilliard, Tony Browder, Marimba Ani – qui cherchaient des réponses dans le passé. Ils étudiaient notre histoire pour exhumer des pratiques culturelles qui à une époque avaient su préserver notre intégrité, des usages perdus dans le Cataclysme. C'était à partir de leurs travaux que les anciens de NationHouse avaient élaboré les rites, une série d'épreuves dont le but était de transmettre un certain esprit guerrier à des adolescents qui bientôt – toujours trop tôt – seraient des hommes. À travers tout le pays, il y avait des babas pour perpétuer la tradition, si bien qu'aujourd'hui, partout où sont les Conscients, on retrouve ces coutumes ancestrales.

Tous les samedis matin, pendant six mois, Kier et moi nous rendîmes à NationHouse pour nous entraîner. La journée débutait à sept heures par des cours d'autodéfense et de gymnastique suédoise. Ensuite, nous étudiions la plomberie, l'histoire revue sous notre angle et la cosmologie des Dogons. Plus tard, on nous apprit à tenir correctement un fusil. Mais je m'abstins. Je ne m'étais jamais senti à l'aise avec les flingues. La consécration serait notre intronisation dans la Maison d'Ankobia, l'ordre fraternel de NationHouse dont la hiérarchie et les rituels étaient empruntés aux grands royaumes d'autrefois. Chez les Twi, les Ankobias étaient ceux qui montraient la voie, l'élite du peuple. En ma qualité d'aîné, on me désigna chef de ma lignée. J'étais censé être un exemple, un guide pour mes frères plus jeunes. Mais, si en théorie je croyais à l'importance de ce que nous faisions là, en pratique j'avais du mal à m'investir. Pendant la semaine, je fuyais les cours de gymnastique. J'ânonnais le serment d'Ankobia. C'était mon ancien moi qui s'exprimait. J'avais beau être Conscient, une part de moi continuait de se conduire comme un adolescent rebelle.

J'avais néanmoins franchi toutes les étapes préliminaires. La veille de l'épreuve finale, on nous fit dormir chez un ancien. Je jouai à la Super Nintendo avec Kier jusqu'à ce qu'on nous envoie au lit. Quelques heures plus tard, on nous secouait et nous ordonnait de nous habiller. Les babas nous attendaient, emmitouflés dans leurs manteaux d'hiver et parfaitement réveillés, tenant des morceaux de tissu destinés à nous bander les yeux. On nous fit sortir de la maison et monter à l'arrière d'une camionnette. Le véhicule s'arrêtait toutes les vingt minutes. La porte coulissait avec un craquement rouillé et nous sentions les sièges s'enfoncer sous le poids des autres garçons. On nous déposa sous le pont autoroutier, troupeau aveugle à côté de la camionnette. Baba Yao, l'un des plus bienveillants parmi nos instructeurs, retira nos bandeaux et reprit le volant. Il baissa la vitre :

— Soyez à NationHouse d'ici l'aube.

Puis il démarra.

Il nous fallut quelques instants pour retrouver nos esprits, clignant des yeux dans l'obscurité. J'étais en terre étrangère, à quarante minutes de Baltimore, mais les garçons originaires de Washington ne tardèrent pas à se repérer. Nous nous trouvions dans les bois de Blackbyrd et si nous voulions rentrer au bercail avant l'aube, nous n'avions pas une minute à perdre. En dépit de notre paresse naturelle, nous nous étions endurcis presque malgré nous au cours de ces derniers mois. Le groupe partit en trottinant à un rythme soutenu. Il faisait nuit noire. Nous ne parlions guère, hormis pour nous plaindre et nous demander lequel des babas avait eu une idée aussi débile, et quel était le rapport avec les Kémites, le royaume de Koush, le pays Pount et toutes ces grandes civilisations africaines dont on nous rebattait les oreilles.

C'est alors que surgirent les sbires des babas : des jeunes un peu plus âgés que nous, qui avaient accompli le même parcours initiatique l'année précédente et voyaient là l'occasion de faire subir à d'autres ce qu'ils avaient enduré. Nous courions le long de Georgia Avenue, l'artère principale du quartier noir de Washington, quand leur camionnette se gara devant nous. Lorsque j'y songe aujourd'hui, je suis sidéré par cette violence omniprésente qui s'insinuait dans toutes nos pratiques. On nous préparait à une guerre indéterminée. À l'époque, les Conscients avaient fini par accepter l'échec de la révolution, mais ils s'accrochaient toujours à l'idée qu'ils avaient besoin d'une armée entraînée, prête à agir le jour où tout basculerait.

Nos adversaires sautèrent de leur véhicule et se mirent en garde, dansant comme des boxeurs. Il fallut se battre – là, dans la rue. Tout était permis, sauf les coups au visage. Je me souviens seulement d'une série de moulinets, de clés et de prises, avant que les grands frères repartent au volant de leur camionnette dans un éclat de rire. Notre groupe se releva et se remit en marche.

Le soleil venait à peine de se lever à notre arrivée au siège de NationHouse. Baba Yao nous accueillit à la porte et nous distribua des survêtements noirs, marque de notre nouveau statut, puis nous fit entrer en file indienne.

J'en resterai là. Je ne suis plus Ankobia depuis des années et ne me rappelle pas un mot du serment. Mais je rends hommage à ce que ces hommes et ces femmes ont fait pour moi, à ces rites anciens qui nous ont sauvés d'une époque impitoyable.

Grâce à eux, j'avais de solides repères. Face à ce que nous voyions, face aux histoires incroyables de ces sœurs transformées en succubes et de ces frères renégats, il y avait NationHouse, où tous les samedis matin nous attendait un escadron d'invaincus. Ils se remémoraient notre splendeur passée, Néfertari, la dynastie des Askia et Akhenaton, et nous chargeaient de la ressusciter. Ils nous confiaient la responsabilité d'une nation tout entière, et ils étaient persuadés que nous étions les hérauts du changement, que nous arracherions le mont Céleste aux Neuf Enfers de Baator, que nous ramènerions le soleil et les océans dans cette contrée désolée.

Les effets ne se firent peut-être pas sentir immédiatement, mais au fil des ans j'appris que, dans la galaxie de W.E.B. Du Bois* et Booker T. Washington, de Cheryl Waters et Paul Coates, de mama Makini et baba Jules, mes erreurs et mes succès étaient ceux de tous. Tant d'entre nous avaient renoncé pour devenir tueurs à gages ou mercenaires. Chez les bourgeois de Woodlawn et chez les délinquants de Flag House Courts, les Noirs se conduisaient comme s'ils étaient seuls, comme si leur vie n'appartenait qu'à eux. Mais les rites de NationHouse créaient un réseau qui me reliait à mon peuple à travers le temps et l'espace, de West Baltimore à Dakar, de Mondawmin à l'île de Gorée.

On nous fit revenir la semaine suivante afin de célébrer notre entrée officielle dans la vie adulte. On nous revêtit de blanc et on nous remit une lance. Puis, on nous rangea par âge pour défiler dans les rues défoncées de Chocolate City. Sur notre passage, les fissures se refermaient et le béton se régénérait. Les habitants stupéfaits se retournaient sur la procession. Outre les nouveaux initiés dont j'étais, il y avait tous les mamas et les babas de l'ordre des Ankobias, ainsi que nos homologues féminins qui avaient accompli leurs propres rites de leur côté. En ces temps d'indignité, même les Inconscients se rendaient compte que quelque chose avait mal tourné et ils approuvaient sans réserve toute tentative de remettre les jeunes dans le droit chemin. Aussi, les vieux qui bavardaient au croisement et les mères sous leurs foulards, tous souriaient et applaudissaient sur notre passage, bien qu'ignorant le sens de ce cortège silencieux.

On avait loué une cafétéria dans un collège pour la cérémonie. À notre entrée, nos parents et nos amis se levèrent et nous ovationnèrent. On nous présenta par nos noms, avec le détail de nos accomplissements. Vint ensuite le serment, qui fut récité lances dressées. Mais je ne me réveillai vraiment qu'au moment où retentirent les djembés. C'était comme de retrouver une fille rencontrée une fois, à qui l'on avait tout dit sauf son numéro de téléphone, et à qui l'on pensait depuis des semaines. Au cours de ces derniers jours, nous avions appris une danse sacrée que nous exécutions au son des percussions. Mais lorsque j'entendis la musique dans cette salle, lorsque je vis Kwaku se lancer sous les applaudissements et les cris d'encouragement, j'éprouvai un sentiment proche de l'extase.

Le matin, je me réveillais avec des rythmes ancestraux dans la tête, des phrases musicales dont j'ignorais le nom. Ma mère ne voyait aucun avenir pour moi là-dedans. Malgré tout, le djembé faisait partie des activités approuvées par mes parents, quelque chose qui pouvait renforcer mes liens avec la communauté. Bientôt je quitterais le domicile familial. J'étais le dernier des enfants de mon père nés en ces temps troublés. Nous avions été conçus dans le chaos, sans véritable préparation. D'ici deux ans, ils me laisseraient voler de mes propres ailes pour se consacrer à Menelik, de huit ans mon cadet, dont les seules préoccupations étaient encore les dinosaures et les cycles des volcans.

Je le voyais venir. À l'automne, mon père nous emmena au bout de Liberty Heights Avenue, jusqu'à Liberty Road, là où les réverbères s'espaçaient. En haut d'une colline boisée, parmi des maisons blotties sur la droite, il nous révéla notre nouvelle demeure, dans Campfield Road. Elle était époustouflante. Six chambres, une galerie reliant le bâtiment principal au garage, une grange, un terrain si grand qu'il fallait un tracteur pour l'entretenir. C'était Barrington Road en mieux, un havre de paix près de bois enchantés. J'aurais dû être soulagé, heureux de savoir que le cauchemar qui avait débuté par le vol de mon bonnet touchait à son terme. Mais j'étais *old school*, comme

Charlie Mack et Ready Rock C[1]. Tioga était devenu chez moi : j'avais appris ses coutumes, je l'avais apprivoisé et j'avais gagné ma place, si bien que, même si je ne venais pas de Little Melvin ou d'un autre quartier respecté, où que j'aille, je pouvais désormais me revendiquer de West Baltimore. Et il y avait l'aspect politique de la question. Pendant des années, nous avions tenu bon, le dernier bastion de résistance en territoire ennemi, et maintenant nous repliions le drapeau panafricain rouge, noir et vert pour battre en retraite.

J'allai trouver mon père. Il était au sous-sol de Tioga, les murs autour de lui tapissés de livres. Sur deux bureaux métalliques réunis s'entassaient des factures et des papiers. Je lui exposai ce qui me chagrinait, les idéaux en jeu, l'importance de vivre là où se déroulait le combat, de ne jamais partir, ne jamais renoncer.

C'était la raison officielle. Mais en dessous je m'enorgueillissais de l'aura de danger de ce quartier que j'avais fait mien. J'étais fier d'avoir survécu jour après jour et de pouvoir lever la main si quelqu'un criait *Est-ce que West Baltimore est dans la place ?* Peut-être mon père le perçut-il dans mes protestations, car il se contenta d'opiner, sans chercher à me contredire. Il attendit que j'aie terminé, alors, il me regarda par-dessus ses lunettes de lecture

— Fils, toute ma vie j'ai vécu parmi mon peuple. Je suis à l'étroit depuis que je suis né.

---

1. Charlie Mack : référence à une chanson de DJ Jazzy Jeff & The Fresh Prince.
Ready Rock C : producteur et musicien de hip-hop *old school*.

J'ai quarante-quatre ans. Je n'ai jamais eu de jardin digne de ce nom.

Il m'avait pris au dépourvu. Je m'étais présenté devant lui tout plein de ma science, mais je n'avais rien à répondre à un tel argument. Je n'avais jamais été expulsé de chez moi. Notre famille avait beau être atypique, aucun de mes frères n'était aussi mon cousin et je n'avais jamais eu de différends avec les gangs des quartiers nord de Philadelphie. Mon père n'avait connu que le chaos et il en avait assez. Il n'y avait rien à ajouter. Ainsi, à l'automne, nous déménageâmes au nord de la ville, et je me retrouvai à me demander à quoi tout cela rimait : Lemmel, Mondawmin, les rites d'Ankobia. À peine avais-je jeté l'ancre quelque part que déjà il fallait repartir.

Malgré tout, j'obtins mon tambour, un djembé brun foncé, large, au son riche et profond. Au début, tous les samedis, j'allais à un cours en train à Washington et pendant la semaine je répétais seul. Mais je ne progressais pas. Un musicien naturellement doué est capable de peindre l'univers à l'aide d'une simple palette sonore. Il commence par suivre ses frères percussionnistes, puis, à un moment déterminé, il prend la tête et dégage un rythme de la clameur. Mais, lorsque je touchais mon instrument, je n'en tirais qu'un grondement bourbeux et lourd. Pendant six mois, je me rendis toutes les semaines à Washington, n'en rapportant que des grognements. Quand je rentrais du lycée, j'avais beau m'exercer sous la galerie, le résultat était toujours aussi cafouilleux.

Il y avait également des cours de percussions à Baltimore et je me rapprochai d'une troupe appelée Sankofa Dance Theater. À la grande époque du Mouvement des droits civiques, dans les années 1960, mes aînés s'intéressaient à tout ce qui les reliait à la terre mère : les bananes plantains, les *kufis**, un nouveau nom. Lorsqu'ils découvrirent les fabuleux ballets d'Afrique de l'Ouest, avec leurs danses et leurs rythmes effrénés, ils surent qu'ils devaient importer cette tradition. Ils fondèrent des compagnies auxquelles ils donnèrent des noms swahilis. Ils se réunissaient à l'occasion de spectacles gigantesques, où les groupes se succédaient sur scène. Cela devint une forme de religion, comme le hip-hop ou le football dans le Sud. Me voyant adopter la culture de nos ancêtres, mes parents sentirent leur cœur se gonfler d'espoir.

La première fois que je jouai avec Sankofa en public, ma technique laissait encore à désirer, mais la gravité de l'événement relégua au second plan mes préoccupations personnelles. Nous nous trouvions dans une église. Le père de mon vieux copain Salim venait de mourir. Nous étions très proches quand nous étions enfants, toujours fourrés ensemble et dormant l'un chez l'autre. Mes parents et les siens nous gardaient à tour de rôle. Puis, pour des raisons inexpliquées, nos familles s'éloignèrent. Sa mère, mama Kabibi, était une danseuse magnifique. C'était elle qui avait créé Sankofa et, dans mon souvenir, son mari était un homme robuste et débordant de santé. Mais la dernière fois que je l'avais vu, il était maigre et souffreteux. Encore une victime du sida, qui faisait alors des ravages à Baltimore. Il avait démissionné, comme tant de pères. Aussi, lorsque baba Kauna s'était mis en ménage avec mama Kabibi, se déclarant prêt à élever ses quatre enfants, il avait acquis un statut de héros à nos yeux, un peu comme mon père, si bien que nous l'appelions simplement baba.

Mon ami Salim était un virtuose. À treize ans, il était capable de faire des choses qu'une vie passée au Sénégal n'aurait pu enseigner à personne. Il menait le groupe de percussions avec un autre enfant prodige, Menes, et, quand ils jouaient ensemble, une rivalité subtile les opposait.

À leur âge, ils n'auraient pas dû être à la tête de Sankofa. Mais, chaque fois qu'un adulte arrivait pour prendre les rênes, il ne restait jamais plus de quelques mois. Les enfants s'étaient donc retrouvés en première ligne. Lorsque je jouai avec eux à l'enterrement du père de Salim, je sentis aussitôt un lien très fort, qui dépassait le simple cadre musical. À force de les fréquenter, une fois mes mains un peu dégourdies, je compris ce dont il s'agissait. Nous avions eu une éducation très similaire. Nous avions tous grandi dans des familles où le porc et le 4-Juillet étaient bannis. Avec eux comme avec ceux de NationHouse, je n'avais pas besoin d'expliquer l'origine de mon nom. C'est ainsi que je rejoignis le groupe. Par là, j'entends seulement que je venais régulièrement aux répétitions, car j'avais encore des mains de pierre. Pourtant, ils m'acceptèrent comme l'un des leurs.

À la Mecque, Big Bill passait plus de temps à gérer son stock d'herbe qu'à réviser. Il n'était pas du tout préparé pour la vie étudiante. Il avait traîné des pieds pendant toute sa scolarité, poussé par ses parents et les rares enseignants qui partageaient avec lui des intérêts en dehors du programme. Aussi, le goût de l'étude que la plupart de ses condisciples avaient acquis à ce niveau lui restait étranger. À présent qu'il était son propre maître, il était libre de suivre les penchants hédonistes que notre père et Linda avaient combattus jusque-là.

Au bout d'un semestre, il avait déjà rassemblé autour de lui une bande dont les valeurs étaient celles de West Baltimore : la loyauté et la suprématie des poings. Howard était pourtant peuplé d'individus éclairés, qui avaient échappé aux fléaux frappant quatre-vingt-dix pour cent des nôtres. Il y avait des rejetons de cinquième génération de la bourgeoisie noire, des petits prodiges venant de Cabrini-Green, une des pires cités de Chicago, des boursiers surdoués qui avaient refusé Harvard, des enfants des banlieues pavillonnaires qui aspiraient à un cocon intellectuel. Et, tandis que des trompettes claironnantes annonçaient notre Chute, ces jeunes clamaient au monde en rythme et en rime que le combat était épique et qu'il n'était pas fini, que les combattants étaient immortels. Leur exemple était contagieux et, parfois, Bill semblait sur le point de s'éveiller, mais il restait engagé dans des conflits mineurs, dont les enjeux étaient toujours la reconnaissance et le respect.

Ses week-ends étaient sans but. Il les passait à picoler et à fumer des joints avec ses potes de New York, David et Mitch. Un soir où l'ambiance était retombée, David appela sa copine. Un type décrocha. Tout le monde avait bu et, échauffés par l'alcool, Bill et Mitch entreprirent de lui monter la tête. Ils le poussèrent et le harcelèrent tant que David conclut l'appel d'un énergique : « J'arrive, négro, et t'as intérêt à plus être dans cet hémisphère quand je débarquerai. »

David raccroche. Ce n'est ni une armoire à glace ni un casse-cou. Si cela ne tenait qu'à lui, l'affaire n'irait pas plus loin. Des mots jetés en l'air. Déjà, il fait marche arrière. Mais Bill et Mitch ne le lâchent pas, le bombardent de « Ton honneur, mec », « T'es pas un bouffon » jusqu'à ce qu'il cède. Pour finir, ils s'entassent tous dans la voiture de David et filent chez la fille.

En ce temps-là, les Howard Plaza Towers étaient le fin du fin : des chambres universitaires agencées comme des appartements, avec cuisine et salle de bains séparés. Dehors, il y avait une petite place, où les étudiants attirés par l'atmosphère d'opulence se réunissaient le week-end et traînaient le long du muret, attendant qu'il se passe quelque chose. Bill et ses acolytes se garèrent devant les tours et traversèrent la place avec force fanfaronnades et gesticulations. Ils montrèrent leurs papiers à la sécurité et prirent l'ascenseur. Bien sûr, le mec n'était pas un dégonflé et il les attendait de pied ferme. Et surtout, il était plus costaud que ce qu'ils avaient imaginé dans leur délire bravache.

La vie de ma mère, ce mec était bâti comme un catcheur, et pas n'importe lequel, genre Tony Atlas en 1976. Pour couronner le tout, il avait un oméga tatoué sur l'épaule, l'insigne de l'amicale des soudards cultivés et des cogneurs diplômés, plus connue sous le nom d'Omega psy phi, la fraternité étudiante afro-américaine.

David recula devant le gabarit de l'ennemi. La lettre grecque imprimée dans sa chair était un talisman signifiant que les renforts étaient en route. Aussitôt, il passa en mode évasif, se mit à bégayer, la voix grêle. Derrière lui, Bill secouait la tête. Alors, pour sauver l'honneur de son petit clan anonyme, il entra en scène. D'abord, il tenta de désamorcer la situation, mais le tapage avait alerté les agitateurs de service et les mecs qui n'avaient pas trouvé de fête ce soir-là ou qui s'étaient fait jeter par une fille. Je vous ai dit que Big Bill ne se laissait pas effrayer facilement, qu'il ne reculait jamais, et à présent il était pris à partie, non pas par le rival de David, mais par un idiot qui passait par là et se disait qu'une rixe parachèverait son vendredi soir.

Ils sortirent. Déjà, des appels avaient été passés et l'équipe adverse grossissait ; les mecs sautaient de leurs Cherokee et ôtaient leurs bijoux. Mon frère et ses copains étaient cernés, trois contre la horde, quand Mitch hurla à Bill :

— Yo, fais quelque chose.

Alors Bill plongea la main dans son futal, brandit son feu et tira en l'air.

Tout le monde se dispersa, se plaqua au sol, cria :

— Merde, il tire.

Un brave se drapa dans sa cape et intervint :

— Espèce d'enculé, arrête ça. Arrête !

Bill pointa l'arme sur lui :

— Connard, si tu dégages pas immédiatement, je te troue la poitrine.

Les neurotransmetteurs du mec se réveillèrent soudain et il recula. Entre-temps, la sécurité était arrivée et même s'il ne s'agissait que d'un agent privé, à présent, on ne rigolait plus :

— Pose cette arme. Pose ça par terre s'il te plaît.

— Je pose que dalle. Putain, je pose rien par terre.

— Jeune homme, on se calme. Pose cette arme. Je ne te le demanderai pas une seconde fois.

Bill retrouva alors ses esprits. Il posa le .38 sur le sol. L'agent s'approcha et le saisit par le bras. Bill montra du doigt ses anciens agresseurs, qui observaient la scène de l'autre côté de la rue, et cria :

— Et eux ?

L'homme tourna la tête et Bill se dégagea. Il fonça en direction de Banneker Field, le terrain de base-ball gelé en hiver, et courut dans la nuit jusqu'à l'appartement que nos deux sœurs partageaient. Il dormit par terre. Le lendemain, Mitch et David passèrent avec des vêtements de rechange. C'est alors qu'il apprit la vérité : la fille n'était même pas la copine de David, juste une meuf qui lui plaisait et dont il parlait tout le temps.

Bill se prit la vérité en pleine figure. Il était là, dans le temple de la culture noire, et il ne trouvait rien de mieux à faire que de risquer sa vie pour une inconnue ? Ce fut un électrochoc. Il ne pouvait pas l'analyser. Il ne savait pas quelle était la prochaine étape. Mais il savait que les vieilles méthodes, les anciennes coutumes, la flambe et la Connaissance qui l'avaient sauvé à Baltimore ne lui seraient d'aucun secours ici. Ce n'était pas Murphy Homes. Il se trouvait dans un autre monde dont il ne maîtrisait pas les règles.

De mon côté, je poursuivais tant bien que mal ma scolarité à Poly. La magie de la cité enchantée s'était émoussée. Après les cours d'été, je passai l'année suivante à patauger de nouveau. Quand j'y repense aujourd'hui, il me semble évident que quelque chose n'allait pas. Je ne pouvais pas rester assis sans bavarder. Je ne pouvais me concentrer plus de quinze minutes. En classe, je regardais l'horloge jusqu'à ce que je m'endorme ou je peaufinais mes chansons de rap. Dans ma tête, il y avait autant de trafic qu'à Penn Station. Toutes les demi-heures, un train entrait en gare avec un nouvel arrivage de pensées et de possibilités qui balayaient tout le reste.

Kier m'avait rejoint à Poly entre-temps, ce qui n'arrangeait rien. Au milieu de l'année, quelqu'un força son casier et lui piqua son blouson Starter des Oakland Raiders. Je retrouvai Kier dans le couloir. Il se frappait la paume du poing pour se motiver. Quelqu'un devait payer. À la fin de la journée, il avait réuni sa bande. J'étais là, bien sûr, qui riais avec les autres crétins et encourageais Kier.

Nous étions à l'arrêt du bus 33, devant le collège. En face se trouvaient deux jeunes Blancs : l'un portait un blouson rouge à la gloire des Kansas City Chiefs, l'autre un blouson des Raiders. Ce n'était pas tant leur blancheur en tant que telle qui les désignait, mais le fait qu'ils étaient en minorité dans cette partie de Baltimore, autrement dit qu'il était peu probable qu'ils aient suffisamment de copains dans le coin pour les venger. On exhorta Kier :

— Mec, t'es pas cap.

Il haussa les sourcils.

— Vous allez voir.

Aussitôt il traversa.

— Yo, comment il est mortel ton blouson, je peux voir ? Putain, il ressemble trop au mien. Où c'est que tu l'as chourave ?

Il balança un coup au type en blouson des Raiders. Son ami recula, indiquant qu'il ne voulait pas s'en mêler. Je restai de l'autre côté de la rue, à rire bêtement avec les autres. C'était encore un masque. À l'intérieur, j'avais des flash-back et je revivais mon année de terreur. Mais je n'allais pas le montrer. Mieux valait hurler avec les loups et faire comme si je ne m'étais jamais pris de Rodney King*.

Je fus recalé dans trois matières cette année-là et je reçus une lettre d'exil de la cité enchantée. Autrefois, mon père aurait aussitôt brandi la ceinture. Mais j'avais presque seize ans et il espérait que ses leçons finiraient par me rentrer dans la tête ; il comptait sur les livres, le travail, les abeilles et la cire, l'initiation d'Ankobia, les rites, la Connaissance, la Conscience. Il attendait que je me ressaisisse de mon propre chef. Il se contenta donc de me regarder et de secouer la tête lorsqu'il reçut mon bulletin.

Je savais que j'humiliais tous ceux que j'aimais. Ils me croyaient différent. Ils pensaient que mes capacités étaient illimitées, que, lorsque je sortais dans la rue, même si je ne voyais pas l'essentiel, même si je n'avais pas les réflexes nécessaires à la survie, je percevais quelque chose de spécial et d'unique. Ils me voyaient dévorer des livres sur les miens, mais aussi sur d'autres peuples, d'autres géographies. Ils savaient que j'avais enseigné la théorie du big bang à mon frère Menelik. Ils pensaient que j'avais l'esprit curieux. Pourtant, dès qu'on menaçait de me noter, je perdais tout intérêt pour les études et m'endormais.

En cela, Big Bill et moi étions semblables. Nos parents étaient conscients que nous avions une guerre à mener, mais ils savaient aussi que l'école était une arme plus puissante que n'importe quel Glock. En ce qui me concernait, j'étais face à un double problème. D'un côté, toute cette organisation – les bureaux régulièrement espacés, les cours d'une durée précise, les tests et les stylos standardisés – me paraissait totalement artificielle. D'un autre côté, l'échec m'était encore plus insupportable. Je traînais donc une immense tristesse refoulée, un vide dont je n'étais pas pleinement conscient, même quand j'étais seul. Ce sentiment me pesait comme un fardeau invisible, il altérait mon rire, ma posture, ma manière d'approcher les filles. Peu importe ce que votre fils a pu dire ou faire. Il ment peut-être au sujet de ses devoirs et rit lorsqu'un professeur appelle à la maison. Il maudit peut-être ses enseignants et menace d'incendier le système. Pourtant, à l'intérieur, il souffre. Personne ne souhaite échouer. Personne ne souhaite être indigne, ne pas être à la hauteur.

Mes parents ne pouvaient deviner ce qui se passait en moi, toutefois, j'étais leur fils et, d'une manière ou d'une autre, ils feraient tout ce qui était en leur pouvoir pour m'aider. Mon père était devenu avare de paroles, en revanche, ma mère n'avait rien perdu de sa verve. Je me souviens qu'elle était furieuse cet été-là de devoir encore signer un chèque pour mes cours de rattrapage. Malgré tout, alors que nous roulions dans Liberty Road, elle était capable de s'interrompre en plein sermon et de se taire quelques secondes avant de citer Bob Marley : « Émancipe-toi de l'esclavage mental, personne d'autre que toi ne peut libérer ton esprit. » Elle était prête à se battre jusqu'au bout afin de m'offrir cette possibilité. Elle plaida donc auprès de Poly, souligna mes qualités, promit que je ne tarderais pas à prouver que je valais mieux que mes notes. J'avais de la chance dans mon malheur. Le nouveau proviseur ambitionnait de réformer l'école pour qu'elle soit à la hauteur de sa glorieuse tradition. Il commença par un acte de merci. Il agita les mains et comme par enchantement mon bulletin fut classé.

À la rentrée, j'étais résolu à être un nouveau Daniel Hale*. J'avais été sauvé de l'exil. J'avais beau faire le clown, le nom de Poly comptait toujours pour moi et je savais que peu de mes frères bénéficiaient d'une telle chance. Ne pas la saisir aurait été inconcevable. Je me mis au travail. Sachant que les athlètes jouissaient d'un statut particulier, mon objectif était d'obtenir des notes suffisantes pour être autorisé à jouer au football en terminale. Je me mis à fréquenter assidûment la salle de sports du lycée avec des amis. Au premier trimestre, je ne fus recalé que dans une seule matière : mon meilleur bulletin depuis Lemmel.

Quelques mois plus tôt, mon père avait quitté son emploi à la Mecque. Cette même année, il m'emmena voir *Boyz N the Hood*, le film emblématique de notre époque, un véritable manifeste pour les hominidés en danger. Mon père avait passé ces dix dernières années à jongler entre l'édition et son emploi à Howard. Les deux étaient complémentaires. La bibliothèque Moorland-Spingarn recelait des trésors introuvables ailleurs, des pamphlets du début du siècle et des documents rédigés par des mystiques oubliés. Mais son véritable amour était l'édition et, pour la première fois, il pouvait envisager de vivre de sa passion. Il me demanda mon avis avant de prendre sa décision. S'il partait, mon frère aurait toujours sa scolarité payée, en revanche, puisque je n'avais pas encore été admis, mon laissez-passer pour la Mecque s'évaporerait.

Il me fit asseoir pour m'expliquer la situation et tout ce que cela impliquait :

— Fils, me dit-il. Si je pars, tu es seul. Tes résultats ne sont pas brillants. Si je pars, il faudra que tu te débrouilles par tes propres moyens pour être admis et je ne sais pas dans quelle mesure nous pourrons t'aider financièrement.

J'ignore si ma réponse influença sa décision. En dépit de mes progrès, je sentais que mon « véritable moi » était toujours en gestation. Je ne voulais pas que cela entrave mon père. Il démissionna dans l'année pour réaliser son rêve. Cela lui permettrait aussi d'être plus présent dans ma vie scolaire. Et me donnerait une raison supplémentaire de travailler. Il m'inspirait toujours une terreur folle. Un jour, je me disputai avec mon professeur de technologie à propos d'une bêtise. Mais l'enjeu véritable, c'était que j'estimais avoir le droit de répondre à un enseignant qui me faisait une remarque. Je le bousculai par mégarde au passage et il cria à l'agression. Il m'envoya chez le conseiller d'éducation. J'avais déjà été exclu pour m'en être pris à un enseignant en première année. Le conseiller d'éducation, M. Brown, un frère respecté par les élèves, m'expliqua qu'il était obligé de me renvoyer pour quelques jours et convoqua mon père.

Celui-ci débarqua avec son perpétuel air sombre et je le regardai avec inquiétude, me demandant quelle torture il me réservait. Mais, sans lui laisser le temps de dire quoi que ce soit, M. Brown le prit à part pour discuter. Sur le trajet du retour, mon père s'adressa à moi d'une manière si pacifique que je me persuadai qu'il manigançait quelque chose. J'étais grand et costaud alors, plus d'un mètre quatre-vingt pour quatre-vingts kilos, mais j'étais toujours aussi gauche. Comme si mon cerveau ne s'était pas développé avec mon corps. Si jusque-là ma maladresse avait des conséquences limitées, je représentais désormais un danger, et pas seulement pour la carafe de jus de fruit sur la table.

— Fils, commença mon père, tu vas devenir un homme imposant. Tu vas devoir apprendre à être conscient de ton corps. Tu n'es pas méchant, mais, à cause de ta taille, tu feras des choses qui paraîtront menaçantes à certains. Il faut que tu fasses attention, en particulier à proximité des Blancs. Tu es grand et fort, et tu es un jeune homme noir. Tu dois faire attention à ce que tu fais et à ce que tu dis.

Je passai les trois jours suivants à la maison, à travailler pour Black Press, mais sans être puni. Je me rendais compte que nous entrions dans la dernière phase de notre vie commune. Mes parents estimaient qu'ils ne pourraient bientôt plus me dicter leur volonté, car leur éducation reposait en partie sur la menace physique. Mon père croyait en notre nature animale. À ses yeux, passé un certain âge, le garçon devenait un homme et devait être traité comme tel. Il estimait qu'il était alors de son devoir de nous chasser du domicile familial. J'avais été élevé dans cet esprit, conscient que plus l'âge sacré de dix-huit ans se rapprocherait, plus mes parents s'écarteraient pour me laisser prendre mon envol.

Je croyais alors que c'était la seule façon de devenir adulte et que ceux qui n'y parvenaient pas n'étaient pas dignes de considération. Je n'avais pas de talent particulier, et dans le domaine où tous les enfants sont évalués – l'école –, j'avais toujours déçu les attentes de tout le monde. J'avais néanmoins une forme de confiance en moi naïve, cette confiance que les mères savent instiller à leurs fils. Je ne savais pas comment j'allais y arriver, mais je voyais le retrait de mes parents comme une preuve d'amour, une confirmation de mon indépendance prochaine.

Ils changeaient, eux aussi. Ils étaient intelligents et évitaient de se disputer en public. Néanmoins, je remarquais qu'ils disparaissaient tour à tour pendant plusieurs jours d'affilée. Ma mère appelait afin de prendre des nouvelles. Mon père expliquait qu'elle avait besoin de temps pour elle. Je ne m'en formalisais pas. Je manquais d'éléments de comparaison pour juger leur mariage. La plupart des parents de mes amis étaient séparés, mais j'étais surtout frappé par le nombre de pères déserteurs. Les gens se rencontraient, tombaient amoureux, puis se séparaient quand ça n'allait plus : c'était le schéma que j'avais intériorisé en observant mon père. Je le plaçais sur un piédestal et, même si j'étais constamment en désaccord avec lui, je n'allais pas chercher plus loin.

Au lycée, je ne m'en sortais pas trop mal. Bien qu'encore insuffisants, mes résultats scolaires s'étaient nettement améliorés. J'écoutais en cours de maths et j'essayais vraiment de faire mes devoirs. Après les cours, j'allais au gymnase, puis je courais. En mars, je m'entraînais un peu au football pour me préparer à la terminale. J'arrivais à un tournant et je l'aurais peut-être franchi sans un incident qui mit le feu aux poudres.

Ces histoires apparaissent toujours dérisoires avec le recul, cependant, sur le moment, il semble que l'enjeu est vital et qu'on n'a pas le choix. Ce jour-là, je devais rendre un devoir. Je l'avais terminé, mais en retard, et ma note finale en anglais dépendait de son acceptation. J'étais en cours d'histoire, juste avant le déjeuner. Mon professeur, M. Stoddard, était un Blanc progressiste qui nous avait montré *The Civil War*, le documentaire sur la guerre de Sécession de Ken Burns, et qui avait consacré un cours entier à Rodney King et à son impact sur la lutte contre les violences policières. Je l'adorais et appréciais nos échanges. Ce matin, nous débattions de la moralité de l'armée américaine et de l'opération Tempête du désert, récemment achevée. La plupart des élèves défendaient l'armée et l'opération au nom du patriotisme. Mais j'étais aussi noir qu'Edmondson Avenue et j'étais prêt à défendre mon point de vue seul contre tous. Jamais je ne prendrais les armes contre un peuple proche de moi par la couleur.

Ce qui se passa ensuite était clairement une blague, le genre de remarque instinctive que balance un gamin dans le seul espoir de déclencher un éclat de rire. Lorsque je déclarai que je ne me battrais pas pour les États-Unis, Shawn, un gringalet, hurla du fond de la classe :

— C'est parce que t'es un bouffon !

Il ne récolta aucun rire. Malgré tout, je sentis la brûlure d'autrefois dans ma poitrine. Personne à Poly ne m'avait jamais parlé ainsi. J'avais été mis à l'épreuve deux ou trois fois, mais j'avais appris à marcher, à sourire quand il le fallait, à ne pas trop parler. Même si je n'avais pas de certificat de mauvaise conduite, je passais pour un mec qui connaissait les règles. Je me retournai, ignorant qui avait parlé, et je réagis comme un gamin de seize ans :

— Celui qu'a dit ça osera pas me le répéter en face.

Des cris d'encouragement retentirent et M. Stoddard intervint pour calmer la classe. Mais, après le cours, mon pote Brady me rapporta que c'était Shawn le coupable, ce qui aggravait l'injure. Il venait de Fallstaff, le collège le plus peinard de la ville, où, du temps honni de ma faiblesse, je rêvais d'aller. Shawn était un tocard à mes yeux. Il était toujours assis au fond de la classe avec un sourire idiot et il portait des fringues à pois pour imiter le rappeur Kwamé. Je haussai les épaules. Peu importe. Shawn ne risquait pas de la ramener devant moi.

Mais Brady revint quelques minutes plus tard, décidé à mettre de l'huile sur le feu :

— Yo, Shawn veut te voir. Il t'attend aux chiottes à côté de la cafète.

Dopé à la testostérone, je fonçai en direction de la cafétéria, escorté de cinq ou six garçons. Il était là avec son meilleur copain, Tyrone. Je me mis à aboyer à peine entré :

— Qu'est-ce t'as, négro, tu voulais me voir ? Tu veux que je te nique ta race, c'est ça ? Alors, enculé, qu'est-ce t'as ? Qu'est-ce t'as ?

Il était moins effrayé qu'abasourdi par les proportions que prenait l'affaire. Il n'y avait jamais eu la moindre embrouille entre nous et j'étais là, gonflé à bloc, qui montais en épingle une remarque insignifiante et réclamais réparation. Nous n'avions ça dans le sang ni l'un ni l'autre. Nous n'avions pas le réflexe de nous battre et n'en venions aux mains qu'en toute dernière extrémité, si l'enjeu était réellement précieux. Mais j'étais aussi le produit de mon époque et cela suffisait. J'avais appris à mes dépens qu'il fallait absolument sauver la face, qu'un déshonneur flagrant jetait une ombre sur toutes les poignées de mains entre potes, réduisait à néant la moindre tentative de drague. Dans un premier temps, Shawn écouta son instinct et la sagesse. Il recula, paumes ouvertes. Mais j'étais allé trop loin pour être magnanime. Je lui collai mon doigt sous le nez :

— T'as raison. Parce que t'es qu'une fiotte.

Et je sortis.

De nos jours, j'allume la télé et je vois des expressions ahuries quand, pour un manque de respect mineur, un corps noir se vide de son sang dans la rue. Les présentateurs secouent la tête. Les activistes récitent leurs discours idiots, pleurant l'époque mythique où les différends se réglaient à la salle de sports de Ray. Les politiciens prennent le micro, clament que les jeunes sont devenus fous, qu'ils ont le cerveau malade, qu'ils sont de super-prédateurs. Eh bien moi je dis :

— Allez vous faire foutre, vous tous qui avez un jour sorti ce genre de conneries, vous qui parlez comme si nous ne savions pas de quoi il retournait réellement. Nous avons lu vos livres, les fiches de scores que vous tenez. Et nous avons vu l'avenir.

Nous savons comment nous mourrons : de la main de cousins, double meurtre et suicide, victimes de guerres totalement abstraites pour vous, à l'hôpital, lentement étouffés par une angine de poitrine ou le cholestérol. Nous sommes tout en bas de l'échelle, et tout ce qui nous sépare de la bête sauvage, tout ce qui nous sépare du zoo, c'est le respect. Le respect qui pour vous est aussi naturel que le sucre et la merde. Nous savons qui nous sommes, nous savons que nous nous comportons comme si nous n'allions pas traîner en ce monde, ce monde qui n'a jamais voulu de nous.

J'étais assis à table, déblatérant sur Shawn, lorsqu'il se précipita dans la cafétéria et effaça ma mémoire. Qui sait ce que son copain lui avait raconté dans les toilettes après notre départ, à quelles histoires, quelles railleries il avait recouru pour lui monter la tête. Tout ce que Shawn voyait, c'était qu'on lui avait pris quelque chose, et que le coupable n'était pas un petit caïd, mais un gamin avec des lentilles de contact. Un gamin qui n'était maître de rien et surtout pas de lui-même. Après, on me raconta qu'il avait débarqué en hurlant, brandissant la poubelle d'acier au-dessus de sa tête, et que, lorsqu'elle atterrit, toute la cafétéria se retourna, alertée par le vacarme. Que je m'étais écroulé sur le banc blanc, sans un mot. Qu'il leva les mains au-dessus de la tête comme le boxeur Sweet Pea Whitaker et entama une petite danse. Qu'il était ailleurs, dans un monde de rêve, son honneur restauré, le mien volé et ajouté au sien. Qu'il avait le dos tourné lorsque je me levai et que je me métamorphosai en Hulk. Que je l'attrapai par-derrière, le jetai sur la table blanche et lui grimpai dessus.

C'est alors que je retrouvai mes esprits. Je n'éprouvai pas de douleur, mais un sentiment de puissance malsain. Je voulais envoyer ce gamin chez le prothésiste, transformer sa tronche en projet pour chirurgien. Assis sur lui, je le frappai des deux poings. À ma droite, je voyais une ancienne petite copine de Kier hurler :

— Ta-Nehisi, Ta-Nehisi ! Arrête ! Arrête ! Mais j'étais reparti en arrière, à l'époque de Lemmel, et je pensais à toutes les couleuvres que j'avais avalées parce que j'ignorais les règles. À présent, tout remontait et, bien que conscient, je me sentais possédé par une telle rage que mes mains échappaient à mon contrôle.

Indifférents aux encouragements et aux exhortations, deux de mes amis plus responsables me tirèrent en arrière.

— Merde, avec quoi il m'a frappé ? Qu'est-ce qu'il m'a balancé dessus ? Une bouteille ?

— Non, mec, une poubelle.

— Putain, je vais tuer ce bâtard.

J'étais prêt à y retourner, mais ils me rattrapèrent et me traînèrent au bureau du proviseur. J'étais dans un sale état. Les adjoints et les secrétaires étaient abasourdis. Quelqu'un appela une ambulance. Mes amis furent autorisés à rentrer chez eux pour le reste de la journée. Leurs vêtements étaient couverts de sang. Mon père vint me chercher à l'hôpital.

Il se montra aussi réconfortant qu'il pouvait l'être, c'est-à-dire qu'il me demanda si j'allais bien et parla peu pendant le trajet de retour. De toute façon, je n'avais pas besoin de réconfort. J'éprouvais pour la première fois ce que j'aurais aimé ressentir il y avait des années : on avait essayé de me prendre quelque chose, on avait tenté de me réduire à une position inférieure et je ne m'étais pas laissé faire.

Je revins le lendemain, des points de suture sur le crâne, mais on ne m'accueillit ni par des rires ni par des vannes. On me dit que j'étais le nouveau bombardier noir, le digne successeur du boxeur Joe Louis. Que jamais ils n'avaient vu un nègre aussi enragé. Que, pour couronner le tout, c'était Shawn – et non pas moi – qui avait été expulsé. Pendant une semaine, je savourai ma victoire. Les filles de seconde s'approchaient de moi en rougissant. J'étais le roi. Jusqu'au moment où je me rendis compte que ma dissertation d'anglais avait disparu. Je l'avais perdue dans la bataille. Cette année, je m'étais efforcé de renverser la vapeur. Mais il était trop tard : mes mauvaises notes des années précédentes, les deux professeurs que j'avais agressés et la bagarre à la cafétéria vinrent s'ajouter à mon échec en anglais. Je fus banni pour de bon et, cette fois, mes parents ne purent pas intercéder en ma faveur. Mon père était assis dans le salon, sur notre canapé gris. C'est ainsi que j'appris que c'était fini. Il n'était même pas fâché. Le visage impassible, il se lança dans un discours dont je n'ai retenu qu'une phrase :

— Ta-Nehisi, tu as déshonoré le nom de cette famille.

Cela me blessa, et pas parce que le nom Coates était surtout synonyme d'alcoolisme et d'enfants abandonnés avant mon père, mais parce qu'il était Superman, le mec qui avait osé s'aventurer sur les terres de Murphy Homes pour sauver Bill, le gars qui s'était retrouvé avec sept gosses de quatre femmes différentes et qui les avait élevés de son mieux. Et je l'avais déçu. Pire, je n'avais pas été à la hauteur de mes propres espérances. Peu importe ce que racontent les bonimenteurs professionnels. Je n'ai jamais rencontré un seul garçon noir qui désirait échouer.

Quant à mon père, il était évidemment plus complexe que ce que je voulais bien voir. Il ne portait pas de cape et il avait ses propres démons. Je n'allais pas tarder à en avoir la confirmation.

Quelques mois plus tôt, je l'avais vu dans la Saturn bordeaux de Jovett. La voiture était garée devant le bureau. On était au cœur de l'hiver et je rentrais de l'école. Quand je m'approchai d'eux, ils m'accueillirent sans nervosité ni inquiétude. Mais je connaissais mon père et je sentis à la manière dont ils étaient assis là qu'on me cachait quelque chose.

7

Bamboo earrings, at least two pairs

Des créoles imitation bambou, au moins deux paires
(« Around the Way Girl », LL Cool J, 1990)

Vous avez peut-être noté que toutes mes références à la gent féminine ont été brèves, et la plupart du temps placées sous le signe de l'échec. Mon catalogue est comique.

Page un : Je suis assis sur une barrière, début juin 1985. Mon enfance entrera bientôt dans sa phase la plus sombre. Pour l'instant, j'attends Brenda Neil, qui passe par là lorsqu'elle rentre chez elle. Elle s'apprête à partir pour Fallstaff, l'un de ces collèges où l'on pratique l'équitation et l'escrime. Bien sûr, elle est adorable, avec sa peau brune et ses yeux comme des planètes. Mais voici ce dont je me souviens : à sa vue, le monde retient son souffle avant de venir à sa rencontre, et quand elle parle, quand elle marche, le CM2, cette année de toutes les incertitudes, est un ballet dont elle est la danseuse étoile. Lorsqu'elle rit, sa voix craque un peu, et aussi quelque chose en moi qui met plusieurs jours à se réparer. Elle tapote le bureau avec son crayon HB, lève les yeux, attend une réponse, et, tout absent qu'il soit, ce regard me fait battre le cœur. Depuis, je sais comment les dinosaures sont morts et je sais qu'on n'est jamais à l'abri d'un cataclysme, même ici, dans la banale salle de classe de Mlle Boone.

Je suis donc assis sur la barrière au croisement de Cold Spring Lane et Callaway Avenue, à quelques mètres du magasin 7-Eleven où j'ai vu mon premier flingue, en face de l'endroit où les pillards de Wabash m'ont piqué mon bonnet. C'est ma dernière chance de lui parler. Aujourd'hui, je ne me rappelle pas ce que je lui ai dit, je sais seulement qu'elle a poursuivi son chemin avec un sourire et un mot gentil, parce qu'elle n'était pas le genre à répondre par un torrent d'injures, parce qu'elle ne jouait pas de l'irrésistible venin et de l'insolence qui sont l'apanage des filles noires. Une chose est sûre, je n'ai pas dit ce qu'il aurait fallu, je n'ai pas parlé de la douleur sous chaque côte. Je l'ai laissée s'éloigner avec, au mieux, un au revoir et bonne chance.

J'étais né sous une étoile pourrave. Bill était capable de les faire crier : « Vas-y, William, fais le wop[1] ! » Mon père avait sa tribu, preuve flagrante que, dans le domaine, il était le bras de Thor. En revanche, j'avais dû prendre la mauvaise sortie ou recevoir un manuel écrit en français. En fait, je ne voyais rien et c'était là mon plus grand drame. Jennifer me bousculait dans le couloir, tirait sur mon tee-shirt, me tapait l'épaule, attrapait mon dossier quand je me balançais sur ma chaise, me pointait son index sous le nez, puis, une heure

1. Pas de danse du hip-hop *old school* des années 1980.

plus tard, souriait et me demandait ce que je lisais. Mais je ne percutais pas.

Page sept : Je suis devant mon casier, en cinquième, au milieu de l'année de l'angoisse :

— Ta-Nehisi je te kiffe, me murmure Teyanda à l'oreille.

Je me retourne et elle s'enfuit, tournant un instant la tête vers moi, sérieuse derrière ses lunettes :

— C'est vrai, ajoute-t-elle.

Je suis tout chose, pourtant, il me faut quand même les nuages qui se déchirent et une voix retentissante. Un sourire je-suis-content-de-te-voir aurait facilité les choses, mais de toute manière j'ignore ce qu'on est censé faire dans ce genre de situation. Je la raccompagnerais bien chez elle, si elle n'habitait pas près de Longwood, où les légionnaires sont armés de marteaux de guerre et portent de longues dagues à la ceinture. Je m'embourbe si bien qu'à la fin de la semaine Teyanda m'écrase sa main droite sur la figure :

— Ta-Nehisi, je te kiffe pas, siffle-t-elle entre ses dents.

J'aurais dû le savoir. Nous étions tous handicapés des sentiments, mais, s'il y avait un truc qui m'échappait, c'était la différence fondamentale entre elles et moi. Les plus grands périls qui me menaçaient étaient soudains et définis : avoir le crâne défoncé à coups de Timberland, se faire braquer par un 9 mm, tomber sur un flic désœuvré. Pour une fille, les chausse-trapes étaient sans fond. C'était l'époque des lycées avec garderie et le sida était omniprésent. Sérieux, à Woodlawn, on avait une mère et une fille enceinte dans chaque classe. Et il se trouvait toujours un con pour crier

« T'as un gros cul ! » du siège passager – toujours du siège passager – d'une voiture qui s'éloignait à vive allure, ou pour leur demander pourquoi elles ne souriaient jamais. Qui savait ce que ce mec dissimulait derrière ses yeux noisette froids ? Les filles qui connaissaient la rue étaient capables d'atomiser un mec sans même croiser son regard, parce qu'elles étaient conscientes que le moindre sourire, le moindre geste d'affection risquait de se retourner contre elles, que c'était nous donner une arme que nous n'emploierions que pour notre plaisir égoïste. Alors, elles se transformaient en forteresses et voulaient qu'on se rende avant de songer à baisser le pont-levis. Elles avaient trop à perdre.

Page douze : Je suis en terminale à Woodlawn, en 1992, et je fais ce à quoi j'excelle désormais. Je dors pendant le cours d'éducation sanitaire, la tête posée sur les bras, les bras posés sur le bureau, à côté de l'une des dernières rééditions paternelles qui, inutile de le préciser, n'est pas le texte étudié en classe. Ebony Kelly s'approche de moi avec une pile de papiers. Elle tapote avec insistance sur la table pour m'arracher à ma torpeur. J'avais été banni de Poly, chassé de la ville de cristal, et je n'avais même pas droit à un lycée public de West Baltimore, qui m'aurait forgé une réputation. Quelle poésie karmique : toutes ces années passées à batailler avec la Connaissance pour se retrouver dans une banlieue tranquille. J'avais déshonoré mes parents et, éreintés par la difficulté de la tâche, ils avaient fini par baisser les bras :

— Tu fais ce que tu veux, mon garçon, me dit mon père un jour alors que nous étions en voiture.

Mais, à la fin de l'année scolaire, tu quittes la maison. Tu peux t'engager dans l'armée si ça te chante. Mais, l'an prochain, tu ne seras plus ici.

Mes parents estimaient que dix-sept ans était la classe préparatoire avant l'entrée dans l'âge adulte, et que, à ce point, on ne changeait plus. J'étais en terminale et pour la première fois personne ne vérifiait si j'avais fait mes devoirs, personne ne me demandait si j'avais révisé, ni ne me réclamait mes bulletins. J'avais tout juste la moyenne. Si je voulais avoir une chance de faire des études supérieures, j'avais intérêt à travailler très dur. Une machine à remonter le temps n'aurait pas été inutile. Par chance, j'étais doué pour les QCM et mes résultats au SAT, les tests standardisés dont dépendait l'admission à l'université, étaient bons, du moins pour Baltimore. De plus, les cours avancés que j'avais suivis à Poly me permirent d'atterrir en douceur à Woodlawn. Ce jour-là, j'avais trois cours l'après-midi : éducation sanitaire, espagnol niveau 1 et mathématiques appliquées. Je manifestais mon respect en dormant le plus possible et en obtenant des B aux interros surprise. Les classes étaient surchargées et suffisamment agitées comme cela. Les professeurs ne tenaient pas à ce que je leur complique la vie. Ils me laissaient à ma sieste digestive et je les laissais à leurs gamins surexcités. À l'évidence, Ebony n'avait pas été informée de cet arrangement. Elle était toujours au premier rang, connaissait la réponse à toutes les questions et c'était à elle que les profs s'adressaient quand ils avaient besoin d'un coup de main. Elle tapa sur mon bureau jusqu'à ce que je lève les yeux, me distribua une photocopie sans intérêt, puis prit le mince livre à côté de moi :

— Qu'est-ce que tu lis ?

— *David Walker's Appeal*. C'est écrit par un Noir du temps de l'esclavage. Il avait prédit pas mal de choses qui sont arrivées dans les années 1960. On l'a tué, bien sûr.

Elle me posa encore quelques questions au sujet de l'ouvrage, puis me donna son avis sur l'autobiographie de Malcolm et m'adressa un sourire désinvolte. C'est alors que, pour la première fois, je la vis vraiment.

J'avais débarqué à Woodlawn sans trop savoir ce qui m'attendait. Une partie de moi pensait que je finirais sans doute comme ceux que ma mère appelait les si-j'aurais-eu-mon-flingue. Ils traînaient à l'angle de la rue, le cerveau en bon état, mais racontaient inlassablement l'instant qui avait fait basculer leur vie, le conflit décisif. Au bout du compte, ils se retrouvaient sans rien et le discours était toujours le même. Si j'aurais eu mon flingue, ce négro aurait fermé sa gueule. Si j'aurais eu mon flingue, cette salope m'aurait laissé voir mes gosses.

C'était une taxonomie des losers, des frères qui avaient gâché leur potentiel. L'idée que j'étais peut-être destiné à la décharge des hommes perdus pesait sur moi, contrariait jusqu'à mes instincts les plus primaires.

Mais elle était noire et belle comme son nom et, bien que ce soit idiot, cela suffisait à la distinguer à mes yeux. Des années plus tôt, j'avais embarrassé ma mère devant l'une de ses amies. Nous étions dans le salon lorsque le moment aussi insupportable qu'inéluctable arriva. Pourquoi les femmes s'intéressent-elles autant aux premiers émois amoureux des petits garçons ?

L'amie de ma mère : Ta-Nehisi, quel est ton genre de filles ?

Moi : J'aime bien les filles à la peau claire.

Il dut y avoir un silence gêné, mais j'étais jeune et je ne le remarquai sans doute même pas. En tout cas, je n'en ai pas gardé de souvenir particulier. En revanche, je me revois très bien assis dans la voiture avec ma mère un peu plus tard. Elle me fusille du regard, car, en dépit de son teint clair, plus jaune que brun, elle a toujours défendu les couleurs de l'Afrique :

— Mon petit garçon, je ne veux plus jamais t'entendre dire une chose pareille. Tu peux aimer qui tu veux, ce que tu veux. Mais n'oublie jamais que toutes ces gamines noires sont les filles de quelqu'un, les sœurs de quelqu'un – tes sœurs –, et qu'un jour elles seront mères. Au bout du compte, l'homme blanc, lui, ne fera pas de distinction. Il faut faire attention à ce que tu dis, petit garçon.

Je ne saisis pas tout de suite, j'étais même en colère sur le moment, mais les jours cédèrent la place aux semaines, puis aux mois, et enfin un sentiment de honte m'envahit. J'avais compris. En terminale, je savais donc que « tu es mignonne pour une fille à la peau foncée » était une insulte raciste qu'Ebony avait déjà dû entendre. Nous discutâmes littérature et politique jusqu'à ce que le professeur lui demande de retourner s'asseoir et, pendant tout ce temps, elle sourit et gloussa. Pour la première fois depuis l'école primaire, je me retrouvais face à quelqu'un qui possédait la Connaissance et qui était libre.

Au cours des jours suivants, je l'observai dans les couloirs. Je n'avais pas de copains dans ce bahut périurbain. Je ne parlais pas beaucoup : je n'allais pas me commettre avec ces péquenauds. Je me nourrissais de mon propre mythe. Ils n'étaient que de vulgaires imitations : j'étais Chill Rob G* et ils étaient Snap. J'étais un vrai dur de West Baltimore, alors qu'ils faisaient semblant. Mais les filles en jupes portefeuilles et jeans pattes d'eph étaient exotiques. Et Ebony était une duchesse parmi elles. Elle se distinguait du troupeau des beubons, celles qui allaient chez le coiffeur tous les mois, avec une retouche chaque semaine. Elle portait ses cheveux enveloppés dans un foulard ou en chignon banane, avec des paillettes bleues ou une frange frisée sur le front. Les autres filles se croyaient à un défilé de mode. Elles étaient avares de leurs sourires et de leurs rires, comme si c'étaient des chocolats de luxe rares et précieux. Toutes, sauf Ebony. Elle riait toujours.

Et elle était Consciente. Elle était présidente du Club d'enrichissement culturel, un syndicat étudiant noir, même si personne ne lui donnait ce nom par respect pour les trente pour cent des élèves qui ne l'étaient pas. Je commençai à aller aux réunions. La plupart du temps, je me taisais, mais il m'arrivait de faire une timide suggestion. Nous nous rapprochâmes ainsi. Nous discutions après le cours d'éducation sanitaire ou à la bibliothèque municipale après l'école. Je gérais la situation à ma manière tourmentée. Je prétextais que j'avais besoin d'aide pour faire mes devoirs, alors que je voulais seulement me retrouver en tête à tête avec elle, avoir ses sourires rien que pour moi.

Au studio de danse, le son de mon djembé ressemblait enfin à quelque chose.

Cette année-là, malgré le départ de tous les percussionnistes adultes, nous avions tenu bon.

Après les cours, j'avais pris l'habitude de m'enfermer au garage pour m'exercer. Peu à peu, mon jeu s'épurait. Ce n'était pas le chant des oiseaux le matin, mais c'était déjà plus limpide que le grondement sourd de mes débuts. Et je progressai encore pendant l'année, si bien qu'à la fin j'étais capable de faire des solos et de guider les danseurs sur la piste.

Le sentiment de fusion que j'éprouvais dans ces moments-là était d'ordre religieux. Entre mes échecs et le retrait soudain de mes parents, le djembé était comme une séance de spiritisme, même si c'était une séance de spiritisme très bruyante : les percussions, les chants et la danse nous mettaient en transe. On nous entendait crier par-dessus le rugissement des tambours, alors que les courants des dieux ancestraux déferlaient sur nous. Une fois échauffés, nous jouions avec un tel ensemble que nous étions tous connectés les uns aux autres : chacun interprétait sa partie et avait son propre son, mais nous ne formions plus qu'un.

Je ne m'en tenais pas là. Le soir, je faisais tremper des peaux de chèvre au sous-sol et je les rasais. Puis je les coinçais entre trois anneaux métalliques que je fixais solidement au sommet d'un fût. À l'aide de cordes d'escalade, je les reliais à un cercle plus petit qui enserrait la taille du fût et je les laissais sécher pendant toute une journée. Le lendemain, je tirais les cordes avec un bâton et des pinces. À la fin, la peau était si tendue qu'on aurait dit du bois et qu'on entendait gémir les morts-vivants enchaînés au fond de l'Atlantique lorsqu'on tapait dessus.

Je n'avais jamais rien fait de tel. Au début, cela me paraissait totalement impossible, mais à présent que j'avais été purifié et baptisé, les solos qui m'émerveillaient il n'y avait pas si longtemps me semblaient un jeu d'enfant. Ensuite, il y avait les djembés eux-mêmes. Je les fabriquais pour répondre à une nécessité intime, et non pas en raison d'un quelconque décret parental ou sous la menace. C'était un pas de géant vers autre chose. À travers le pays, nos aînés luttaient contre tout ce qui rétrécissait nos esprits et étranglait notre monde. Même si nous professions la plus grande admiration pour la rue, au fond de nous-mêmes, nous étions persuadés que nous ne pouvions pas faire mieux, que cette minuscule parcelle était tout ce que nous méritions en ce bas monde.

J'étais exposé à Lemmel. Être un garçon noir signifie être constamment en guerre. Fuir le ghetto ne nous sauvera pas, car partout nous sommes présumés violents, partout on se demande quelle sera notre prochaine victime. Le fléau qui ravageait ma ville déchue m'avait détruit pour me reconstruire à son image. On m'avait pris mes ailes et donné un couteau à la place. Je m'étais égaré, là-bas. Mes rêves s'étaient atrophiés, ne me laissant que l'instinct de survie, un minimum de dignité et de respect de soi. Mais, grâce au djembé, je découvrais l'art et retrouvais mon imagination perdue. Et maintenant que mes mains pataudes avaient appris à faire chanter le tambour, qu'y avait-il d'autre ? Jusqu'où pouvait-on aller ?

Cette année-là, je reçus une lettre de l'université Howard. Kelly avait obtenu son diplôme. Kris était toujours là-bas. Bill s'accrochait. J'avais depuis longtemps renoncé et, même si j'avais désormais l'impression que je pouvais malgré tout devenir quelqu'un, je m'étais résigné à l'idée que la Mecque était hors d'atteinte. Mais le vieux temple était en difficulté. Les enfants de la déségrégation visaient les écoles des Blancs. Mes résultats au PSAT, le test préliminaire pour prétendre à une bourse, avaient attiré leur attention, en dépit de mon dossier scolaire. Nous étions invités, ma famille et moi, à une soirée, avec un groupe d'autres candidats potentiels. Je pénétrai dans une salle de bal remplie de tables rondes autour desquelles étaient assis des jeunes Noirs et leurs parents. Ils avaient sorti le grand jeu : entrée, plat, dessert, et la parade habituelle des orateurs se portant garants du renom de la Mecque. Le président de l'université parla en dernier et ce furent ses mots que je retins. Son sujet était l'ubiquité de Howard dans tous les secteurs, de la dentisterie à l'architecture en passant par l'enseignement. Où que vous alliez dans le monde, dit-il, vous trouverez l'un de nous.

Après, dans la voiture, mes parents me demandèrent ce que j'en pensais :

— C'était pas mal, répondis-je du bout des lèvres. Mais rien de spécial non plus.

La vérité, c'était que j'assurais mes arrières. J'étais convaincu que mon parcours scolaire était trop entaché pour que mon admission soit sérieusement envisagée. Alors, je prétendais l'apathie. Mon père piqua une crise :

— C'est une occasion en or, et toi tu marmonnes et tu hausses les épaules ? C'est tout ce que tu trouves à dire ?

L'exemple de mon frère Bill aurait pourtant dû me réconforter. Certes, il était seul à présent. Il n'avait plus de comptes à rendre à mon père, même si ses leçons commençaient à produire leur effet. Bill avait débarqué à Howard armé de clichés pour se prémunir contre l'échec : seuls les faibles incapables de marquer un panier correct avec leurs pompes craignos et leurs petits bras chétifs pouvaient réussir en cours. C'était sa défense, parce qu'il était sûr qu'il n'était pas à la hauteur. Mais, à présent qu'il était fauché, qu'il avait raté ses examens et qu'il avait failli être arrêté, il devait regarder la vérité en face. À Howard, il y avait des frères comme lui, des chevaliers de la rue qui avaient le même code d'honneur et qui pourtant s'en sortaient. Quelle serait son excuse à présent ?

S'il ne trouvait toujours pas d'intérêt à l'étude en soi, en revanche, il adorait la vie d'étudiant : les fêtes, la fumette, l'indépendance contrôlée et les filles à perte de vue. Il aurait pu rentrer à Baltimore et renouer avec ses anciennes relations. Il aurait pu trouver un job à Washington et draguer sur le campus pendant ses pauses déjeuner avec un sac vide. Mais il n'avait jamais rien fait à moitié. S'il choisissait l'université, il irait jusqu'au bout. Il décida de s'y mettre.

La transition ne fut pas simple : il n'avait pas appris à potasser tous les soirs. Mais lorsqu'il se mit à suivre les cours régulièrement, il découvrit qu'il aimait la méthodologie, l'échange, le débat. Il diminua les sorties, prit ses distances avec certains de ses anciens amis et s'initia au noble art du bachotage. Progressivement, ses résultats s'améliorèrent et, à la fin de son premier semestre de travail, il vit qu'il pouvait obtenir un C^+ de moyenne en se donnant un peu de peine.

Notre père était aux anges. Pour la première fois, il devait se dire que ses efforts n'avaient peut-être pas été vains.

Je passai mon dernier SAT en novembre de mon année de terminale, ce qui pour moi signifiait surtout que je n'avais plus besoin de réviser avec Jovett et ma mère. Kier avait quitté Poly lui aussi, et il traînait avec de nouveaux copains du côté de Barrington Road. Ce n'était plus l'île dans le ciel de mon enfance. Même les puissants géants des nuages ne pouvaient la protéger de la gangrène qui rongeait la ville. Kier vécut en direct l'effondrement de Barrington. Si j'ignorais encore où j'allais et comment j'y arriverais, en revanche, il savait très bien ce qu'il voulait et comment l'obtenir facilement. Il se tourna donc vers le commerce de la drogue.

C'est là que nos chemins se séparèrent. J'étais déjà formé, avec une éthique et des convictions solides. Je savais ce que le crack nous avait fait, je savais qu'il avait énucléé nos villes avec ses serres blanc acier. À Woodlawn, j'arrêtais Ebony chaque fois que je la croisais. Tous les soirs, nous parlions pendant des heures de ces riens dont dépend l'avenir du monde quand on est jeune. Après les cours, nous allions à la bibliothèque ou au snack en face du lycée. Je l'interrogeais sur son histoire. Elle venait de Jersey City, et la drogue lui avait pris ses deux parents. Elle s'était retrouvée chez sa marraine, loin de la ville et de ses problèmes. Bien sûr, à l'époque, la décadence rattrapait déjà Woodlawn. Au cours des dix années suivantes, le centre commercial voisin verrait disparaître Gap, le grand magasin Hecht et les galeries de jeux vidéo au profit de fast-foods, de solderies de vêtements XXL et de guichets où l'on pouvait encaisser des chèques à un taux usuraire.

En surface, Ebony paraissait indemne et sereine. Un jour, elle remit en question l'autorité révolutionnaire de mon père, lui demandant de justifier comment un Black Panther pouvait s'installer dans une banlieue résidentielle. Il avait alors quarante-six ans et se montrait plus indulgent avec mon petit frère Menelik. À l'approche du crépuscule de sa vie parentale, il ne prêchait plus guère. Quand ma mère s'absentait le week-end, il cuisinait, lavait la vaisselle et nous emmenait au cinéma. Ce jour-là, il était entré dans la pièce, ses lunettes de lecture sur le nez, et nous avait trouvés en train de réviser autour de la table. Il prit une chaise. Elle sourit et entreprit de le cuisiner à propos de son éthique : comment pouvait-on tenir de grands discours sur la condition noire et laisser les plus mal lotis sur le bord de la route ? C'était un échange vif et bon enfant, et la logique de mon père était imparable, comme d'habitude. Ce qui n'empêcha pas Ebony d'affirmer que mes revendications sur West Baltimore frôlaient l'imposture.

Mais je voyais les blessures sous sa carapace. Le genre de blessures qui pousse les hommes à se précipiter dans une maison en feu. C'était ma demoiselle en détresse. Bien que ses démons fussent cachés, je les devinais qui hurlaient à l'intérieur, réveillant un mécanisme ancestral dans mon ADN. Cela dit, mes notes progressèrent proportionnellement au temps que je passai avec elle. Je m'impliquai dans des activités extrascolaires. Je récitai un discours de Marcus Garvey à l'assemblée sur la conscience noire. Je devins médiateur. On m'appelait alors que j'étais en classe pour suivre des ateliers sur la résolution de conflits.

Mes motifs étaient tout aussi impurs que ceux de Bill à Howard : Ebony participait à toutes ces activités. C'était ce genre de fille. Un jour, elle me rattrapa dans le couloir après les cours. Elle avait été absente toute la journée et portait une robe qui semblait avoir été achetée pour aller à la messe. Elle venait d'être récompensée pour ses notes, pour un travail particulier ou avait reçu quelque titre d'excellence. Elle excellait toujours. Elle me tendit une enveloppe qu'elle me demanda de ne pas ouvrir au lycée.

Je devais passer au Mondawmin Mall ce jour-là et j'oubliai la lettre que j'avais distraitement glissée dans mon sac à dos. Je ne l'ouvris qu'en sortant du métro. C'était le programme de sa cérémonie avec dans la marge un message d'amour que je fus incapable d'identifier comme tel. Il était écrit dans ces termes vagues et évasifs qu'emploient les filles qui veulent dire ce qu'elles ressentent tout en se protégeant. Je ne réalisais pas ce que je tenais entre les mains et n'avais pas assez confiance en moi pour en tirer les conclusions qui s'imposaient. Je lui parlai au téléphone ce soir-là et la remerciai, mais n'insistai pas comme il aurait fallu. Je ne voyais pas que sous l'armure des sourires et des rires, derrière le bouclier et la hache resplendissante, nous avions tous peur d'être rejetés.

Ma mère préparait désormais les membres de Sankofa aux tests d'admission à l'université. Le dimanche matin, lorsque je descendais de ma chambre, je leur faisais des grimaces avant de sortir. La vie adulte et l'indépendance étaient là, toutes proches, qui m'attendaient de l'autre côté de la fenêtre. On ne me harcelait plus au sujet de mes notes. Mes parents s'absentaient et me confiaient mon frère Menelik, âgé de neuf ans. Je l'emmenais à ses matchs de foot américain. Ce fut une saison merveilleuse, la première fois que je sentais l'étau paternel se relâcher. Cependant, rien n'entamait les espoirs de ma mère. Elle m'apportait des plaquettes sur les différents établissements. Je me rendis au centre municipal avec mon père pour me renseigner sur les grandes universités noires historiques. Je m'imaginais sur les bancs de Toogaloo, de Tennessee State, de Dillard ou de Johnson C. Smith. Dans une ville où l'on vivrait différemment, où je trouverais un niveau d'exigences adapté à un raté dans mon genre.

Au lycée, j'avais attiré l'attention des profs qui voulaient me faire intégrer des cours en classe préparatoire. Je refusai poliment : inutile de gâcher ma dernière année. Certains parvinrent néanmoins à placer des panneaux indicateurs sur ma route. Ma professeur d'anglais, Mme Effron, lut mes dissertations et mes nouvelles, et fut la première personne après ma mère à me dire que j'avais peut-être un don. Mon conseiller d'orientation, M. Herring, se prit d'affection pour moi et passa l'éponge sur mes précédents bulletins scolaires et trois ans d'échec. Lorsque la période des candidatures arriva, il m'écrivit une lettre de recommandation sans commune mesure avec mes mérites. Je me voyais toujours comme celui qui avait déshonoré le nom de mon père. Mais M. Herring était un Noir, un homme Conscient qui ne pouvait se permettre de perdre une recrue potentielle.

Cet hiver-là, j'envoyai mon dossier à quatre universités, toutes proches de Baltimore, dans l'espoir de ne pas devoir quitter mon groupe de percussion. Ma lettre la plus courte était adressée à Howard : un pari, une bouteille à la mer. Le reste de l'année se déroula dans une atmosphère plus détendue, le gros du travail étant concentré sur le premier semestre de terminale. Je pris mes distances avec le hip-hop qui m'avait accompagné pendant toutes ces années. Les anciens dieux tombaient. EPMD se séparait. Chuck et Flav de Public Ennemy nous avaient emmenés aussi loin qu'ils le pouvaient. Les nouvelles voix se voyaient embrigadées par le culte de la mort. Des frères qui une semaine plus tôt célébraient le nom de Malcolm se retrouvaient transformés en gangsters de studio, à buter tous les négros en vue. Une part de moi comprenait ce besoin de se poster au carrefour du monde et de se remettre virilement les couilles en place. Mais j'étais aux portes de l'âge d'homme et ils ne pouvaient pas me leurrer. Ces mecs étaient durs partout où il ne fallait pas : ils s'en prenaient aux femmes et aux pédés, prétendaient régner sur la rue, avant de fuir dans le sillage de la Bête.

Entre-temps, Big Bill avait rapporté à la maison d'autres découvertes : Bob, Steel Pulse, Burning Spear. Lorsque mes parents étaient absents pour la semaine, il invitait ses copains et passait *Babylon by Bus* à fond dans le jardin. Ses amis, tous arrivés à la Conscience sur le tard, avaient troqué leurs noms d'esclave contre des noms zoulous ou swahilis. Dix ans après sa mort, Bob Marley se révélait le chantre de notre peuple. Plus tard, je découvris que les petits cons des fraternités étudiantes se l'étaient approprié et l'avaient gâché, comme tout ce qu'ils touchaient. En ce temps-là, néanmoins, il était prophétique. J'ignorais toujours où j'allais, mais je savais que j'étais voué au grand idéal : la fin de l'esclavage mental et l'accomplissement des écritures.

Au cours de ces mois indolents – demi-journées et heures de perm –, j'appris que j'étais admis à Morgan State. Je reçus un numéro de chambre universitaire et une brochure sur papier glacé décrivant la nouvelle vie qui m'attendait. Les trois universités de Baltimore auxquelles j'avais postulé m'avaient accepté, résultat des efforts laborieux qui m'avaient permis de passer d'un C^- insuffisant à un C^+ respectable.

Qui étais-je à cet instant, sinon un garçon qui s'était enfin réalisé ? Pendant toutes ces années, ma famille m'avait harcelé dans l'espoir de tirer quelque chose de moi. Ma mère me répétait que j'étais intelligent, mais que je n'irais nulle part si je ne surmontais pas ma paresse. Mon père pouvait transformer mon week-end en succession de corvées. Big Bill me flanquait une bourrade, me rappelant qu'il y avait un monde pris de folie qui nous guettait là-dehors, le doigt en permanence sur la détente. Ma mère prétendait qu'un jour je serais capable de voler, mais je ne voyais pas comment. Et voilà que chaque mois je trouvais un gros paquet dans la boîte aux lettres avec mon nom dessus. Ce n'était pas la consécration, néanmoins je me sentais enfin digne des espoirs de ma mère.

Je ne me rendis pas à la remise des diplômes. J'avais hérité de mon père son aversion pour les cérémonies et je possédais de toute manière peu d'amis au lycée. D'entrée de jeu, j'avais fait une croix sur le bal de fin d'année. Je savais que j'étais à Woodlawn pour les affaires et pas pour le plaisir : les fleurs n'étaient pas au programme. Mais c'était compter sans Ebony et cette compulsion idiote qui m'empêchait d'y voir clair. De plus, à mon habitude, je passai à côté des signaux subtils, des allusions, des simagrées et des regards discrets. Le temps que je percute, elle sortait avec un autre mec. Et il fallait voir le mec : le genre super-conventionnel, un beau gosse qui ne fréquentait que des filles à la peau claire, jusqu'à ce qu'il ait la révélation en écoutant « Black Woman » de Jungle Brothers. Bien sûr, je n'étais pas totalement hors jeu, mais, lorsque je les croisais dans les couloirs, j'étais dégoûté tellement c'était incongru. On aurait dit Winnie et Kirk McCray dans *Les Années coup de cœur*.

J'arrêtai de l'appeler. À quoi bon : à présent, j'avais entamé ma mue et déjà je me dépouillais de mon ancien moi. Ma mère qui avait du mal à croire à ma métamorphose soupçonnait quelque manigance qui se terminerait par mon redoublement. Elle me connaissait trop bien et ne pouvait imaginer que la saga était achevée. Il fallut que j'aille chercher mon diplôme au bureau du proviseur, ouvre la pochette en vinyle et le lui remette pour qu'elle accepte d'y croire. Lorsqu'elle le vit, elle s'autorisa un demi-sourire : ni embrassade ni discours édifiant, elle était simplement heureuse d'en voir le bout.

J'avais la vague impression qu'il se tramait quelque chose à la maison, lorsque mon père me coinça dans la Honda Accord marron, la troisième, ma mère ayant plié les deux précédentes. Nous venions de quitter son nouveau bureau. Il tourna dans Wabash Avenue, se gara sur le parking d'une petite galerie commerciale, devant le grand magasin Kmart. Mon père estimait ne rien me devoir, hormis la paternité, et il l'avait toujours revendiqué. Il assumait ses décisions éducatives et ne s'était jamais excusé de rien. Ce n'était pas sur ce parking qu'il allait commencer, néanmoins, sa voix était moins assurée :

— Fils, je suis avec une autre femme. Je suis avec Jovett. Ta mère et moi avons pensé que tu devais le savoir. J'aime beaucoup Jovett et ta mère. Nous pensions que tu devais le savoir.

Il me demanda si j'avais des questions, ce que j'éprouvais, ce que j'avais besoin de dire. Je n'avais jamais exprimé de colère au sujet de mon père, à mon père. La peur assombrissait chaque mot. Mais il m'offrait une ouverture. J'aurais pu crier, descendre de la voiture, claquer la portière. J'aurais pu disparaître pendant une semaine, lui lancer à la figure que je le détestais, comme les ados blancs dans les films. Il me révélait son talon d'Achille, confirmait la faille longtemps présumée. Les plus grands généraux finissaient aussi par déchoir, même si, il faut le préciser, ce n'est pas ainsi qu'il se voyait. Pourtant, je ne fis rien. Je ne dis rien. Je hochai la tête et l'écoutai jusqu'au bout, jusqu'à ce qu'il redémarre.

8

Use your condom, take sips of the brew

Mets ta capote, bois un coup
(« They Reminisce Over You »,
Pete Rock & CL Smooth, 1992)

Lorsque j'étais enfant, mon père était un personnage héroïque à mes yeux. Je n'avais pas d'autre religion. D'un mot, il changeait les pancakes en bouillie d'avoine, les parties de Speed Racer en corvées de jardinage. Chaque expédition au supermarché était épique. Nous descendions de voiture et je m'efforçais de claquer la porte en même temps que lui, comme dans les séries policières, quand il va y avoir du sport. Il était héroïque parce que j'étais un enfant, parce que mon univers se résumait aux jeux vidéo – Lode Runner, A-Train – et aux cartes de collection du *quarterback* Warren Moon.

La première fois qu'il leva la main sur moi, j'avais six ans et mon institutrice avait appelé à plusieurs reprises à la maison. En ce temps-là, tous les parents qui se souciaient un tant soit peu de leurs enfants leur administraient des corrections. Mais cette ceinture de cuir noir enroulée sur le lit conjugal était néanmoins terrifiante, la preuve la plus flagrante que la paternité était une dictature, que ses sujets étaient à la merci d'un dieu tyrannique.

Du temps de Lemmel, mon appréciation de mon père dépendait de l'année, de la façon dont je m'étais réveillé, du nombre d'heures que j'avais passées à travailler au sous-sol. Il y avait des jours où j'aurais voulu le voir disparaître, pour être libre de me vautrer dans la bêtise crasse avec les orphelins rigolards du quartier. Et il y avait des jours où, quand je regardais autour de moi, je me rendais compte que nous vivions une époque contre nature. Alors que tout enfant aurait dû avoir le droit de grandir dans une forteresse bien défendue, les gardes avaient déserté leur poste. Mais moi j'avais mon chevalier, la main sur son glaive, son armure scintillant à la clarté des lunes. Et voilà que soudain il me révélait sa véritable nature, me dévoilait une humanité complexe à côté de laquelle mes petites faiblesses semblaient simplistes.

À ses yeux, il était parfaitement légitime. Il était resté fidèle au credo des Black Panthers qui revendiquaient un amour libre et sans entrave. Il ne me parlait pas ainsi parce qu'il avait honte, mais parce qu'il s'efforçait de s'expliquer devant un enfant. Il était obsédé par le monde tel qu'il aurait dû être, et ses idéaux brillaient d'une lumière si vive qu'ils le rendaient aveugle même à ceux qu'il aimait. Les renoncements imposés à sa famille demeuraient non dits. Le fait de rejeter Noël, Thanksgiving et le 4-Juillet nous enveloppait d'un grand manteau de solitude. Nos actes les plus triviaux – refuser le serment d'allégeance, rester silencieux devant le drapeau – nous entraînaient toujours plus loin sur la voie de la résistance et de l'isolement. Il ne voyait pas l'évidence, parce qu'elle cédait le pas à une vérité plus importante : il avait raison. Il ne plierait pas devant un monde arriéré et ne nous laisserait pas plier. J'étais persuadé que tous les gamins de mon âge passaient leur temps à batifoler en masques de Halloween, à se gaver de hamburgers, de tarte aux pommes et de glace à la vanille, qu'ils étaient ensevelis sous les cadeaux à Noël, pendant que je me morfondais entre des montagnes de tofu et de livres. Même une fois devenu Conscient, j'avais l'impression qu'on m'avait volé quelque chose d'essentiel, privé d'événements merveilleux qui auraient dû peupler mon enfance. Dans la maison de mon père régnaient des principes qui nous distinguaient de la foule. Pour lui, il s'agissait de sagesse. Pour moi, c'était synonyme d'isolement.

Ma mère avait pris ses distances avec le monde dans lequel elle avait grandi et jetait un regard critique sur ses valeurs. Même sans mon père, elle aurait été une dissidente, le genre à lancer des piques dans son coin aux réunions de famille. Mais c'était déjà trop pour mon père. Ainsi, chaque nouvelle révélation – pas de viande, pas de Thanksgiving – l'éloignait un peu plus des siens. Une fois, nous nous rendîmes à Columbia, dans le Maryland, pour faire un portrait avec tous mes oncles, tantes et cousins maternels. Ma grand-mère se tenait derrière nous, fière matriarche qui s'était hissée au-dessus du ghetto à la force du poignet. Le photographe était cordial, blanc et en retard. Je sentais l'exaspération sous le sourire crispé de mon père.

Après, tout le monde alla dîner, sauf nous. J'avais des cousins qui avaient vécu en Allemagne et que je n'avais pas vus depuis des années, mais mon père nous fit monter dans la voiture et démarra. Je boudai à l'arrière, les yeux fixés sur la route. Il était énervé parce que le photographe était arrivé en retard. À mi-chemin, il explosa :

— Fils, sais-tu combien il y a de photographes noirs qui galèrent à Baltimore ? Et on me demande d'aller jusqu'à Columbia pour aider un Blanc ? Je suis désolé, mais je leur ai filé assez d'argent pour aujourd'hui.

Sa logique me toucha à travers ma colère et me donna matière à réflexion pendant des semaines. Pourtant, j'aurais aimé qu'il se montre plus conciliant, ne serait-ce que pour un soir.

C'est ainsi que ma mère s'était retrouvée coupée de tout, de son passé comme de sa famille, ses choix subordonnés à ceux de mon père. Chaque décision audacieuse élargissait le fossé entre elle et les autres. Elle avait tant de choses à expliquer au monde, à commencer par nos prénoms, et à présent le comble : un mari qui cavalait avec la bénédiction de sa femme. Elle avait honte. L'idée de devoir justifier cela, de le revendiquer la tête haute et le sourire aux lèvres était au-dessus de ses forces.

C'était le lot de beaucoup d'épouses, mais il ne lui laissait même pas la possibilité de faire semblant de l'ignorer. Le fait que son déshonneur ne fût pas public ne lui apportait guère de soulagement. Sachez pourtant que ma mère était une dure à cuire, capable de battre ses gosses comme plâtre, puis de leur donner une série de divisions à faire. C'était également lié à l'époque. Elle appartenait à cette longue cohorte de femmes noires privées de père qui auraient préféré être frappées de stérilité plutôt que de reproduire cette malédiction.

Afin que ses enfants aient un père, ce qui semblait aussi naturel que la pluie au reste de ce pays voleur, elle était prête à tous les sacrifices. Il n'y avait pas de musique quand mes parents entraient dans le salon. Nous n'avions pas de vieux films amateurs qui sautaient, où on les voyait s'embrasser sous un arbre en été, rire et lever les mains en signe de protestation, tandis que la caméra zoomait sur eux. Ils ne sortaient pas dans des clubs de jazz enfumés, n'allaient pas au restaurant, ne se promenaient pas sur le port en amoureux. C'est à peine s'ils fêtaient leur anniversaire de mariage. Ma mère m'avait averti dès que j'avais été en âge de parler : les gens étaient humains, et leurs pactes entachés de subterfuges, de secrets et de dénis. Lorsque mon père s'ouvrit à moi, lorsqu'il m'expliqua sa vie de couple dans la Honda Accord marron, ce n'était jamais qu'une bizarrerie de plus. J'avais été élevé ainsi. Je m'attendais à ce genre de choses.

On me dit que Kier avait été lui aussi informé de la situation, pourtant, il n'en fut jamais question entre nous. Je n'observai aucune différence dans leur relation : mon père lui racontait des paraboles inspirées d'*Ascension d'un esclave émancipé*, de Booker T. Washington, et Kier imitait sa façon de parler, héritée des années 1970. À cette époque, il avait déjà choisi la voie express. À mes yeux, Kier avait pourtant tout ce qu'on pouvait désirer : la désinvolture, les baskets Ewing neuves, le gilet à capuche Champion, les meufs trop bonnes. Mais il rêvait d'action, il voulait vivre vite, toujours sur le fil. Bien sûr, j'étais un garçon et l'idée d'une existence placée sous le signe de l'insouciance n'était pas pour me déplaire. Mais je me savais destiné à la satisfaction d'un patient labeur. La mort de son père pesait sans doute sur Kier, mais je ne suis pas sûr que mon père aurait pu y changer quoi que ce soit. Déjà, nos empreintes dans le sol durcissaient au soleil.

De toute manière, bientôt, je serais délivré de tout cela. J'allais avoir dix-huit ans. J'étais en terminale et j'avais une place en résidence universitaire. Un immense ciel vert s'étendait devant moi.

Toute l'année, j'avais assidûment pratiqué le djembé. J'arrivais en avance aux cours, j'enseignais aux enfants et je peaufinais sans cesse les réglages de mon instrument. J'en achetai un troisième, avec un fût marron orné de gravures du Continent, qui avait le lustre du polyuréthane. En mars, le rythme guidait jusqu'à mon souffle. Toute ma vie tournait autour de la prochaine répétition, du prochain cours de percussion, du prochain spectacle. Sankofa préparait le récital de printemps, la plus grosse manifestation de l'année.

Le récital de printemps était toujours un événement : nous portions différents costumes et, sur la tête, des foulards teints ou des casques de cuir avec une crête de paille à l'iroquoise. Les danseurs et les batteurs étaient âgés de cinq à soixante-quinze ans. Cette année, la demande était telle qu'il y aurait deux représentations, deux soirs différents. L'année précédente, j'étais encore un néophyte. Lorsque j'avais dû faire mon solo, je m'étais avancé timidement au centre de la scène, me penchant légèrement en avant pour produire un murmure qui avait recueilli des applaudissements polis, rien qui risquait de faire une brèche dans l'espace et le temps. Cependant, au cours de cette année, entre les exercices quotidiens sous la galerie, les peaux de chèvre que je rasais au sous-sol et la simple rigueur de la répétition, mes mains s'étaient dégourdies.

Le récital tombait la même semaine que mes cours de code et de conduite au lycée et, en dépit de ma passion pour les percussions, j'en rêvais depuis trop longtemps pour laisser passer l'occasion. Le rêve s'était cristallisé à l'époque où j'étais encore au collège. Un jour, j'avais aperçu Anthony, un copain de Bill, alors que j'attendais le bus 91 dans Garrison Avenue. Anthony était un rappeur du collectif de mon frère au lycée. Il assurait grave. C'était un garçon à part, tranquille, le genre à rester assis dans son coin en hochant la tête, mais qui se transformait en super-vilain de bandes dessinées dès qu'il s'emparait du micro. Chaque fois que je le voyais, je songeais à son cri de guerre : « Alors ils liront dans le journal livré avec le petit déj/Encore un taré de rappeur qui s'est fait tèje dans la rivière. »

Les parents d'Anthony avaient acheté une Jeep vert fluo avec une capote marron, qu'il finirait par bousiller. Lorsqu'il me proposa de m'emmener, je tombai en pâmoison. Ses enceintes faisaient vibrer la capote, rendant plus que jamais tout bavardage superflu. Au volant, il était tout-puissant. Il aurait pu filer jusqu'au pôle Nord et ne jamais revenir. À compter de ce jour, dans mes rêves en Technicolor, je roulais dans Garrison Avenue avec Maxi Priest et Shabba à fond, envoyant les basses, jusqu'à ce que je croise le regard d'une rappeuse en herbe : une Spinderella, une Isis ou une Terrible T, sa jupette plissée voletant au-dessus de ses chaussettes en tire-bouchon assorties, une paire d'Adidas blanches ou de Nike roses aux pieds.

Pour assister aux cours de code, je ratai presque toutes les répétitions cette semaine-là. Déchiré, je me languissais au fond de la classe, tandis que l'instructeur discourait sur les priorités, la distance à laquelle il fallait s'arrêter du trottoir, d'un stop ou d'une bouche d'incendie, et sur ce qu'il en coûtait de brûler un feu rouge. En position, les paumes sur les cuisses, je m'appuyais au dossier de bois et me transportais six siècles en arrière, à la cour de Mansa Moussa. Coiffé d'un *kufi* et vêtu d'une longue robe noire, mon djembé accroché à mes épaules, j'attendais que le Lion du Mali hoche la tête. Alors, je faisais feu et mon tambour résonnait jusqu'à l'autre bout du Sahel. L'instructeur éteignait la lumière pour nous passer des films sur la sécurité routière, mais je continuais de jouer, imaginant les danseurs qui levaient les jambes et bondissaient dans l'obscurité comme de grands flamants noirs.

Pendant toute la semaine, je me sentis sur la touche et démuni. Je ne pensais ni à Ebony, ni à son joli cœur, ni au bal du lycée. Je ne pensais pas à la chambre universitaire qui m'attendait à Morgan, ni aux efforts de ma mère pour me faire entrer à la Mecque. Au fond de la classe, je suivais les sillons qui creusaient mes doigts. Du temps de Tioga Parkway, on me taquinait parce que j'avais les mains d'une blonde raffinée. À présent, ma paume était un Himalaya. J'avais les articulations calleuses. Je m'étais endurci. Je pouvais jouer le lamba, la danse des griots, pendant des heures, avec seulement un chef percussionniste et un dundun. Je pouvais rester au sous-sol armé d'une corde, d'une peau de chèvre et d'un morceau de bois, tirant et m'acharnant jusqu'à ce que les esprits appellent mon nom.

Le vendredi, le dernier jour, on nous donna un test si facile que tout le monde obtint un excellent score, même moi qui avais passé la semaine à rêvasser. Ma mère vint me chercher pour m'amener au studio d'Eager Street. Au feu orange, je l'exhortai :

— Fonce, fonce.

Rieuse, elle me jeta un regard de côté .

— Attention ! Tu vas causer un accident.

Elle me déposa devant la porte et je gravis les marches quatre à quatre. J'entendais les tambours rugir et les jeunes sœurs chanter dans une langue qu'elles ne comprenaient pas. Mais ce n'était pas la question. Ce qui comptait, c'était d'aller au-delà du sens pour nous connecter à ce que nous avions été, à ce que nous avions perdu lorsque nous avions dû plier sous le joug de l'histoire.

Les percussions faisaient un tel vacarme que, lorsque les mamas et les babas m'accueillirent d'un salut et d'un sourire – ils me souriaient toujours –, je les voyais bouger les lèvres, mais aucun son n'en sortait. Les frères répétaient le prélude à la danse appelée *mandiani*. Le rythme est lent, comme l'amoncellement des nuages avant l'orage.

Salim, le jeune maître, jouait sur mon djembé, ce qui normalement ne m'aurait pas gêné, mais j'étais en manque et d'autant plus impatient que je venais de mettre une nouvelle peau parfaitement tendue, blanc cassé et mouchetée de noir. Lorsqu'il me vit, il se leva pour me faire de la place et m'invita à prendre la tête du groupe. Je m'assis et décollai aussitôt. Je planais très haut au-dessus de tout, accélérant l'allure tel un cheval de guerre lancé dans une folle poursuite.

Lorsque le moment des solos de danse arriva, mon tee-shirt rouge Sankofa était trempé. J'étais debout, mon djembé suspendu à ma taille par une longue lanière blanche. Les danseuses étaient alignées, tapant du pied en rythme sur le parquet. Elles tendaient les mains comme des pharaons, attendant que je les appelle une par une. Mais je faisais durer le plaisir, car, avec Sankofa, j'avais découvert que j'adorais la foule ; que, après toutes ces années d'isolationnisme paternel, je ne me lassais pas de la compagnie des autres. J'aimerais pouvoir me souvenir de l'ordre dans lequel je les appelai. Par âge, sans doute. Il ne me reste qu'une succession d'images floues : l'attitude altière de Milcah, alors que je frappais des claqués et indiquais la piste, les mains d'Elishibah qui fendaient l'air, ses longues dreadlocks tirées en arrière formant une couronne de serpents autour de sa tête. Je sais que Menes était absent ce jour-là et que Salim nous acheva. Après, tout le monde rit et se tapa dans la paume.

Je passai l'été à jouer. Il n'y avait pas que le récital, il y avait l'AFRAM – un festival afro-américain –, l'Artscape – encore un festival –, les événements occasionnels dans les maisons de quartier, les mariages à la mosquée où nous étions invités avec nos instruments. La foule s'enflammait dès que les djembés retentissaient. Les sœurs dansaient dans les allées. Les mamas d'autres compagnies sautaient sur scène. De grosses femmes en jean moulant bondissaient et ondulaient, puissantes et gracieuses. Des danseuses adolescentes se précipitaient sans attendre le signal. Mama Kibibi ne pouvait pas les retenir. Et il y avait le visage des miens pendant mes solos, Big Bill qui tapait dans les mains et brandissait le poing, avant d'ajouter quelques billets à la pile sur le devant de la scène. Parfois, je balayais la foule du regard et je repérais mon père qui hochait la tête, les yeux fermés, emporté par le rugissement des tambours.

J'avais l'impression que j'aurais pu continuer éternellement à sillonner Baltimore ainsi avec mon djembé. Je ne savais pas où cela me menait, mais, si j'avais pu préserver les choses en l'état, je me serais vêtu d'une salopette et de haillons, j'aurais dormi sur des bouches de chauffage, agité ma sébile dans Charles Street et dîné dans les sous-sols d'église. Mon talent était de seconde catégorie et j'étais conscient que je resterais un besogneux, le faire-valoir d'un musicien plus doué. Cependant, j'étais tellement amoureux, tellement habité que peu m'importait.

J'emmenais quelques fois Ebony au cours de Sankofa pendant l'été. Elle s'essaya à la danse et après je la charriai : c'était tout juste si elle parvenait à nouer son pagne, elle était toujours à courir après le rythme. Elle souriait et me donnait une bourrade. Puis nous nous dirigions vers le port et les cinémas. Ensuite, nous allions au Burger King pour débattre des qualités comparées de *Boyz in the Hood* et *Menace to Society*. Mais nous restions des adolescents. Nous ne nous sentions jamais aussi proches qu'au téléphone. Un soir, je m'excusai, reconnus que j'aurais dû la prendre par la main, que j'aurais dû être plus fort et me fier à ce que je voyais et éprouvais. Mais nous faisions au mieux. À cet âge, les attirances profondes, celles qui menacent votre avenir incertain, peuvent être excitantes, elles peuvent occuper votre esprit, mais plus puissante encore est la terreur qui vous envahit, la sensation de nudité lorsque l'objet de vos pensées fait mine de se diriger vers vous.

En juin, la chaleur arriva et mes perspectives se précisèrent. Je me réveillais à l'aube et surprenais ma mère en prière dans le jardin, tournée vers le sud et la Mecque, puis qui pulvérisait des os de lapin, cueillait des herbes et murmurait des incantations. Malgré les expulsions, les bagarres et ma paresse, elle croyait toujours que j'accomplirais mon pèlerinage à Howard. Pour moi, c'était incompréhensible, mais elle pensait que c'était mon dû, que, en dépit de mes résultats, j'avais le droit de voir la Mecque, de trouver ma place dans la grande cité noire cosmopolite. Mes parents jouaient un double jeu. Avec moi, ils se montraient impitoyables. Ils tiraient leurs sermons du Livre des Enfants déchus. Premier commandement : l'enfant est toujours ingrat. À dix-huit ans, ils me laisseraient me débrouiller seul. Pourtant, à l'intérieur, ils étaient tendres, intimidés par l'amour. Ils doutaient de leurs compétences parentales et cherchaient mille moyens de nous aider à réussir.

Ma mère travaillait toujours à Washington et, chaque semaine, elle débarquait dans le bureau des admissions sans prévenir, exigeant un rapport sur l'avancement de mon dossier. En juin, Howard m'envoya un courrier pour demander mes notes finales et une autre lettre de recommandation. Sentant les murs de la forteresse céder, ma mère redoubla ses assauts : prières matinales et visites régulières, ne ratant pas une occasion de mentionner mon père et ses trois enfants déjà diplômés de l'université ou encore sur le campus.

L'épais paquet me prit par surprise. J'étais en train de passer l'été de ma vie, lorsqu'un jour, après avoir gravi Campfield Road harnaché de mon djembé, je découvris cette longue et lourde enveloppe dans la boîte aux lettres. Au verso, je reconnus le tampon de la Mecque. Par le fantôme de Gabriel Prosser*, pensai-je. Ça y est. Je la déchirai avant d'arriver à la porte. Je n'avais même pas besoin de lire la lettre d'acceptation. On n'envoie pas de brochure et de catalogue aux étudiants refusés. Lorsqu'elle rentra du travail, je montrai le paquet à ma mère, et elle partit de ce rire joyeux et retentissant qui est la marque de toutes les véritables sœurs. Si cela avait été son genre, elle aurait sauté en l'air et brandi le poing. C'était aussi sa victoire, après tout. Qu'avais-je fait toute ma vie, si ce n'est me mettre des bâtons dans les roues ?

À l'époque où j'étais devenu Conscient, la Mecque m'apparaissait comme une évidence, le seul endroit qui me permettrait d'être en relation spirituelle avec Malcolm X, ou El-Hajj Shabazz, ainsi qu'il se faisait appeler à son retour de la Ville sainte. Mais, au fil des ans, mes échecs successifs m'avaient ôté toute confiance en moi, au point où je pensais qu'aucune université ne m'accepterait. Par ailleurs, bien que Howard ne se trouvât qu'à une heure de chez moi et qu'il y eût des percussionnistes à Chocolate City, je me sentais lié à Baltimore, et pas uniquement par la musique. Sankofa formait une communauté enveloppante, un groupe si soudé qu'il résonnait en moi, même quand je m'absentais pendant plusieurs jours. Je savais que jamais je ne retrouverais un tel sentiment, rien qui soit aussi sain, et à la fois charnel, délicieux et épanouissant.

Je vais à l'université Morgan, annonçai-je à mes parents. Ils étaient assis dans le bureau de mon père. Ma mère me tint un discours sur la responsabilité et les occasions qu'on n'avait pas le droit de refuser. Mon père se taisait, affichant son habituelle impassibilité, nous écoutant discuter. À la fin, il posa les mains sur ses genoux et déclara :

— Fils, c'est à toi de voir. Tu es adulte, à présent. Tu peux faire tes propres choix.

Je quittai la pièce avec un grand sourire. Il fallait vraiment que je sois naïf. Comment avais-je pu imaginer un instant que j'aurais le dernier mot, que je l'emporterais contre ma mère ? Cela me dépasse quand j'y repense aujourd'hui. Mon argument était que, même si j'étais accepté, mes résultats n'étaient pas assez bons pour me valoir une bourse : ce serait donc à ma famille de payer. Et j'appartenais à cette catégorie d'étudiants en pleine expansion dont les parents gagnaient trop pour bénéficier d'allocations, mais pas assez pour que les frais de scolarité ne les ruinent pas.

Nous eûmes deux autres conversations à ce sujet. La première fois, mon père prétendit encore que j'avais le choix :

— Fils, c'est à toi de voir, mais ta mère est ma femme et c'est elle qui a le pouvoir. Je pense qu'elle a raison, cependant, tu es adulte et tu es capable de décider. C'est ce que j'essaie de te dire. Mais ta mère, fils. Ta mère a le pouvoir.

— Je veux aller à Morgan.

— D'accord.

La semaine suivante, il avait retourné sa veste. Nous étions de retour dans son bureau. Ma mère avait son sourire crispé, genre tu-sais-pourquoi-tu-es-là. L'échange fut bref :

Mon père : Ta-Nehisi, tu n'iras pas dans une fac de second ordre.

C'était réglé. Une fois de plus, j'étais banni de chez moi.

Ou, du moins, c'était ainsi que je voyais les choses. En réalité, je n'étais qu'à quelques mois de mes dix-huit ans et j'aurais pu faire ce que je voulais. J'étais partagé à l'idée de quitter Baltimore. Obéir à mes parents était la solution de facilité. J'ignorais alors que c'était l'essence de la vie : juste au moment où l'on croit maîtriser la géométrie d'un monde, voilà qu'il nous échappe et que, de nouveau, on se retrouve entouré de formes inconnues et d'angles impossibles.

Mais j'avais survécu à mon ancien quartier et je n'avais pas cédé à ses sirènes. Quand j'avais des nouvelles de mes vieux copains, elles étaient d'une banalité déprimante. Même les plus malins finissaient par rejoindre les ombres pour n'être plus qu'une statistique entre les mains froides d'un expert qui jetait un coup d'œil à nos rues de sa voiture puis remontait sa vitre. J'avançais toujours dans le noir. Parfois je me réveillais le matin en me disant qu'il était temps de faire la révolution, et d'autres fois je me voyais en haillons, dormant sur les bouches de chauffage, retiré à jamais dans les mondes imaginaires où je me réfugiais depuis l'enfance.

Je passai la semaine précédant la rentrée à faire mes adieux. Je jouai une dernière fois avec mes frères de Sankofa. Il y eut une dispute parce que le son n'était pas assez pur. Nous prétendions que ce n'était pas la fin, que je pourrais aisément revenir le week-end en train. Mais déjà je sentais la distance entre nous. Comme toujours quand nous avions à parler de quelque chose d'important, je dis au revoir à Ebony au téléphone. J'emmenai une des jeunes danseuses de Sankofa à un concert de *smooth jazz*. Une autre fille que j'avais connue à Poly me rendit visite la veille de mon départ. La météo avait prévu une pluie de météores derrière l'épaisse couche nuageuse et, lorsqu'on levait la tête, on voyait le ciel clignoter, comme traversé d'éclairs silencieux. Elle m'avait sans doute apporté un cadeau. Après avoir passé une petite heure à bavarder avec moi sur la véranda à l'arrière de la maison, elle m'étreignit et repartit au volant d'une camionnette bleue.

Le lendemain, je descendis mes cartons et mes valises. Mes parents et Jovett étaient assis dans la salle à manger. Sur la table se trouvaient plusieurs cadeaux de Jovett : une panoplie de tournevis, un extincteur, une lampe de poche, plusieurs paquets de préservatifs. Mon père ne chargea certainement pas la voiture sans un sermon approprié, mais je n'ai aucun souvenir de ce qu'il me dit. Je me sentais tiraillé : heureux de ne plus avoir à subir la tyrannie paternelle et triste de perdre mes frères.

La voiture démarra, descendit Campfield Road, puis gravit Liberty Road jusqu'au périphérique et emprunta l'Interstate 95 en direction du nouveau monde. Big Bill nous attendait à côté de Georgia Avenue, assis sur le muret devant les Howard Plaza Towers – là où un soir il avait dégainé et arrosé le ciel nocturne –, mon nouveau chez-moi. Il était en compagnie de deux copains, vêtu d'une casquette de pêcheur, d'un short kaki et d'un tee-shirt blanc, des Timberland aux pieds. Je ne l'avais jamais vu aussi à l'aise. Ils bavardaient avec cette décontraction qui n'était pas permise à Baltimore. La colère d'autrefois qui le protégeait et l'avait peut-être sauvé du temps de Murphy Homes l'avait déserté, et il ne restait que ce que mon père et les miens avaient toujours souhaité. Il ne restait qu'un homme.

Lorsque j'accomplis mon hadj à la Mecque, mes parents n'ouvrirent pas une bouteille de bon vin gardée pour l'occasion. Ils ne prirent pas de vacances. Ils auraient pu. Je n'étais pas leur dernier enfant, cependant, j'étais le dernier de ce groupe à risque, le sixième en sept ans, né dans un monde dissolu, avec des variables en pagaille et des destins joués à pile ou face. Soudain, pour la première fois en près de vingt ans, ils pouvaient prendre le temps de réfléchir. Que deviendraient-ils à présent que le plus dur était derrière eux ? À présent qu'ils avaient sauvé leurs enfants de l'ère du crack ?

Il y avait encore Menelik, mais l'air et l'eau n'étaient déjà plus les mêmes. Il avait une console Mega Drive. Allait au collège à Fallstaff. Son seul vice était le manga *Gundam Wing*. Il n'était ni un rêveur ni un rebelle, mais un garçon équilibré, avec une esthétique du quotidien que j'aurais aimé posséder. Il parlait peu et le week-end mon père l'emmenait voir des films étrangers. Il se souvenait à peine de Tioga et passerait ses années formatrices à Campfield Road, le genre d'Avalon dont je rêvais à Lemmel.

Pour lui, pour nous tous, les anciennes règles tombaient en désuétude. Un mois avant mon départ, Sankofa organisa un barbecue dans un petit parc de Woodlawn à l'occasion du 4-Juillet. C'était aussi l'anniversaire de mon père, mais nous ne le célébrions jamais. Les babas et les mamas avaient apporté de la salade de pommes de terre, des burgers de dinde et des saucisses végétariennes. Les Super Soakers – de véritables bazookas à eau – faisaient fureur cette année-là. Enfant, je n'avais jamais eu droit au moindre pistolet à eau. C'était le symbole de l'esclavage des années 1980. Ce n'était pas un jeu : trop de garçons tombaient sous les balles. Mais, ce jour-là, tout le monde se canardait joyeusement. Un malade se pointa avec deux réservoirs dans le dos et entreprit de nous asperger. Je m'emparai d'un fusil à double canon et me joignis à la bataille. Parmi la foule trempée et hilare, j'aperçus mon petit frère à travers les gerbes d'eau. Torse nu, il agrippait un minuscule pistolet surmonté d'une réserve orange fluo. Menelik courait entre les gouttes pour se mettre à l'abri. Alors, il pointa son feu sur une cible insouciante, sourit et tira.

Glossaire

Attica, prison d' : l'une des prisons les plus connues des États-Unis. Elle est située à Attica, dans l'État de New York. En 1971, elle a été le théâtre d'une mutinerie organisée par des détenus noirs quelques jours après l'assassinat de George Jackson dans un contexte de conflit exacerbé autour de la question des droits civiques et du racisme. La répression a causé la mort de 39 personnes.

Bethune, Mary Jane, née McLeod (1875-1955) : militante des droits civiques qui fonda une école privée pour les étudiants afro-américains en Floride.

Black Panther Party : mouvement révolutionnaire afro-américain formé en Californie en 1966 par Bobby Seale et Huey P. Newton.

Brown, John (1800-1859) : abolitionniste blanc, qui estimait que seule l'insurrection armée mettrait un terme à l'esclavage aux États-Unis. Il fut capturé lors d'une tentative pour prendre un arsenal fédéral en Virginie, et condamné à être pendu. (Le roman de Russell Banks *Pourfendeur de nuages* retrace son histoire.)

Cabral, Amilcar (1924-73) : fondateur du Parti africain pour l'indépendance de la Guinée et du

Cap-Vert, assassiné six mois avant l'indépendance de son pays.

Carter, Bunchy (1942-69) : membre fondateur de la section sud-californienne des Black Panthers assassiné par une faction rivale.

Charles, Robert (1865-1900) : Afro-Américain originaire de La Nouvelle-Orléans qui prônait le retour en Afrique. À la suite d'une altercation avec la police, il tua un policier et s'enfuit. Une véritable chasse à l'homme s'ensuivit. Des Noirs furent violemment agressés par la foule dans toute la ville. Robert Charles tua plusieurs policiers avant d'être lui-même abattu.

Chill Rob G : un rappeur dont la chanson « Let the Words Flow » fut samplée illégalement en 1989 par le groupe de musique électronique allemand Snap.

Clarke, John Henrik (1915-1998) : professeur et historien américain panafricaniste qui joua un rôle essentiel dans le développement des études africaines et afro-américaines.

Cleaver, Eldridge (1935-1998) : militant des droits civiques et membre important du Black Panther Party.

COINTELPRO : CO-INTELligence PROgram. Série d'opérations du FBI supervisée par John Edgar Hoover de 1956 à 1971. L'objectif était de surveiller, discréditer et déstabiliser les mouvements subversifs et leurs leaders, dont Martin Luther King et le Black Panther Party (mais également les opposants à la guerre du Vietnam, les féministes et les groupes de gauche).

Connor, Bull (1897-1973) : politicien démocrate chargé de la sécurité publique à Birmingham, dans l'Alabama, pendant la période du mouvement des droits civiques. L'extrême violence avec laquelle il traita les manifestants pacifistes et son laxisme envers les membres du Ku Klux Klan firent de lui un symbole du racisme du Sud et lui coûtèrent son siège en 1963.

CONSCIENCE NOIRE, mouvement de la (*Black Consciousness Movement*) : courant de pensée proche du Black Nationalism et du panafricanisme fondé notamment par Steve Biko en Afrique du Sud en 1976. Pour les partisans de cette philosophie, l'Afrique appartient aux Africains. Les Blancs peuvent y avoir leur place, mais c'est aux Noirs d'en prendre la direction. Influencé par la pensée de W.E.B. Du Bois, Marcus Garvey, Frantz Fanon et les penseurs de la Négritude, cette philosophie préconise plus largement que les Noirs devaient croire en leurs capacités et prendre en main leur destinée.

DASHIKI (nom commun) : tunique colorée portée par les hommes en Afrique de l'Ouest.

DAVIS, Al : entraîneur, puis manager des Oakland Raiders. Personnage controversé, Davis était aussi un Blanc progressiste qui, dans les années 1960, refusait que son équipe joue dans les villes où sévissait la ségrégation. Il fut le premier gérant de la NFL à engager un entraîneur noir en 1983.

DAVIS, Sammy (1925-1990) : chanteur, danseur et acteur afro-américain qui fut membre du « rat-pack » de Frank Sinatra. Il avait une relation complexe avec la communauté noire qui lui a parfois reproché de vouloir s'attirer les bonnes grâces des Blancs. Ce qui ne l'empêchait pas par ailleurs d'être victime du racisme en dépit de son succès.

DOUGLASS, Frederick (1818-1895) : ancien esclave qui, après avoir fui le Maryland, devint un chef de file du courant abolitionniste au nord. Il est l'auteur de *La Vie de Frederick Douglass, esclave américain, écrite par lui-même*.

Drew, Charles (1904-1950) : chirurgien afro-américain, célèbre pour ses travaux sur la transfusion sanguine qui permirent la création de banques du sang à grande échelle au début de la Seconde Guerre mondiale.

Du Bois, W.E.B. (1868-1963) : sociologue et historien panafricaniste partisan des idées socialistes, Du Bois milita contre le racisme et la discrimination. Il s'opposa à certaines propositions de Booker T. Washington, qu'il trouvait trop accommodant avec le pouvoir blanc. Auteur prolixe, il publia notamment une série d'essais sous le titre *Les Âmes du peuple noir* (La Découverte), et *Black Reconstruction in America*, un ouvrage remettant en question la vision traditionnelle du rôle des Noirs après la guerre de Sécession, largement ignoré par les historiens « officiels » jusque dans les années 1960.

Evers, Medgar (1925-63) : militant des droits civiques, assassiné par un suprématiste blanc dans le Mississippi.

Frazier, Edward Franklin (1894-1962) : sociologue américain né à Baltimore, connu notamment pour ses travaux sur les relations raciales et la famille afro-américaine. Il enseigna à Howard de 1934 à sa mort.

Garvey, Marcus (1887-1940) : précurseur du mouvement panafricaniste né en Jamaïque, qui toute sa vie encouragea les Noirs du monde entier à s'unir et défendit le droit au retour en Afrique des descendants des esclaves. Certains rastas le considèrent comme un prophète, car il aurait dit :

« Regardez vers l'Afrique, où un roi noir sera couronné, car le jour de la délivrance est proche », phrase qui pour eux annonçait le couronnement de Hailé Sélassié en Éthiopie.

HALE, Daniel (1856-1931) : premier chirurgien-chef afro-américain d'un hôpital qui joua un rôle précurseur dans le domaine de la chirurgie cardiaque.

HENRY, John : héros mythique afro-américain de la fin du XIXe siècle, symbole de la lutte ouvrière. Il aurait proposé un défi à son patron qui avait acheté un marteau-pilon pour remplacer les ouvriers, et serait mort vainqueur, le marteau à la main.

HOWARD, université de : Fondée en 1867 à Washington, Howard est une prestigieuse université américaine indépendante. Colonne vertébrale de la Harlem Renaissance et de la lutte pour les droits civiques, 99 % de ses étudiants sont des Afro-Américains.

IMAGE AWARDS (NAACP) : prix décernés par la National Association for the Advancement of Colored People qui couronnent chaque année les meilleurs artistes afro-américains dans le domaine du cinéma, de la télévision, de la musique et de la littérature.

JACKSON, George (1941-1971) est un militant afro-américain. En prison (où il a passé les douze dernières années de sa vie), il devient membre du Black Panther Party. Il était l'un des *Soledad Brothers* (les trois détenus accusés de l'assassinat d'un gardien de prison blanc en 1970). La publication de ses lettres a accru sa renommée. George Jackson, accédant au statut de héros du peuple, a été célébré par de nombreux musiciens comme Street

Pulse, Bob Dylan, Archie Shepp, les rappeurs Dead Prez, Blue Scholars, Tupac Shakur.

King, Rodney : Afro-Américain violemment passé à tabac par la police de Los Angeles, en 1991, au terme d'une course-poursuite pour excès de vitesse. La scène filmée par un citoyen devint rapidement un phénomène médiatique. L'acquittement des policiers fut un élément déclencheur des émeutes de 1992.

Kufi (nom commun) : petite toque portée par les hommes en Afrique de l'Ouest.

Kwanzaa : fête afro-américaine créée en 1966. Elle trouve son origine dans le mouvement nationaliste noir et vise à aider les Afro-Américains à se réapproprier leur héritage africain.

Libation (nom commun) : rituel religieux qui consiste en la présentation d'une boisson en offrande à un dieu, en renversant quelques gouttes sur le sol ou sur un autel. Cette forme de sacrifice fut très pratiquée dans les religions de l'Antiquité. La libation est très pratiquée dans les traditions africaines. Dans la culture hip-hop américaine, la libation consiste à verser une petite quantité d'alcool sur le sol, en hommage à des camarades enterrés ou en prison, ou simplement pour consacrer une nouvelle entreprise.

Malcolm X (1925-1965) : né Malcolm Little, également connu sous le nom d'El-Hajj Malek El-Shabazz. Prêcheur musulman afro-américain, militant des droits de l'homme. Il est mort assassiné par un membre de la Nation de l'Islam. Sa pensée a beaucoup inspiré les Black Panthers.

Marshall, Thurgood (1908-1993) : juriste américain né à Baltimore, premier Noir nommé à la Cour suprême (1967-91). D'abord avocat, il plaide dans l'affaire Brown contre le Bureau de l'éducation de Topeka, qui ouvrira la voie à la déségrégation des écoles (1954).

MESSAGE TO THE GRASS ROOTS (Message à la base) : discours tenu par Malcolm X en novembre 1963, à Detroit. C'est l'un des derniers discours prononcés par Malcolm X avant de quitter la Nation de l'Islam et il amorce son virage politique.

NATION DE L'ISLAM, (*Nation of Islam)* : organisation politico-religieuse américaine créée par Wallace Fard Muhammad, à l'origine de la plupart des organisations musulmanes actuelles de la communauté afro-américaine. L'idéologie développée par l'organisation mêle des éléments religieux et des éléments de nationalisme afro-américain. Malcolm X a été l'une des figures majeures de l'organisation avant de rompre avec celle-ci.

NEWTON, Huey (1942-1989) : cofondateur du Black Panther Party avec Bobby Seale.

NKRUMAH, Kwame (1909-72) : homme politique africain indépendantiste et partisan du panafricanisme, né en Côte-de-l'Or (aujourd'hui Ghana). Après l'indépendance, il sera Premier ministre, puis président de la République du pays, avant d'être renversé en 1966.

PEANUT KING : Maurice King, baron de la drogue à Baltimore dans les années 1970 jusqu'au début des années 1980, avant son arrestation en 1983.

PROSSER, Gabriel (1776-1800) : esclave de Richmond, en Virginie. Il prépare un grand soulèvement dans la région au cours de l'été 1800. À la suite d'une trahison, il est arrêté et pendu avec vingt-cinq de ses comparses.

Sakoura : ancien esclave affranchi, Sakoura régna sur le Mali entre 1285 et 1300.

Tubman, Harriet (1822-1913) : ancienne esclave qui, après s'être échappée et réfugiée dans le Nord, aida d'autres esclaves à s'enfuir. Pendant la guerre de Sécession, elle rejoignit l'armée de l'Union, pour qui elle exécuta notamment des missions d'espionnage.

Turner, Nat (1800-31) : esclave qui mena une révolte en Virginie. Le soulèvement fut sanglant et les représailles impitoyables. Turner fut pendu.

Ture, Kwame (1941-1998) : connu également sous le nom de Stokely Carmichael, il fut militant du mouvement des droits civiques, puis membre des Black Panthers, avant de se tourner vers le panafricanisme. Il a notamment écrit (avec Charles Hamilton) : *Le Black Power. Pour une politique de libération aux États-Unis* (Payot).

Vesey, Denmark (1767-1822) : ancien esclave, dénoncé alors qu'il préparait un soulèvement à Charleston, en Caroline du Sud. Il fut pendu.

Violators : gang lié au collectif d'artistes hip-hop new-yorkais The Native Tongues, dont faisaient partie les Jungle Brothers.

Washington, Booker T. (1856-1915) : né esclave, émancipé après la guerre de Sécession, il devint un porte-parole de la communauté noire. Il fonda la première école destinée à former des enseignants noirs. Il lui sera parfois reproché une trop grande complaisance vis-à-vis des Blancs et de la ségrégation.

Watts : quartier majoritairement noir de Los Angeles, ravagé par six jours d'émeutes en août 1965.

Waves : type de coiffure africaine sur cheveux courts, dessinant des vaguelettes sur le crâne.

Williams, Chancellor (1893-1992) : sociologue et historien afro-américain dont les travaux portaient sur les civilisations africaines avant l'arrivée des Européens. Il est l'auteur de *The Destruction of Black Civilization*.

Williams, Eric Eustace (1911-81) : historien originaire de Trinité-et-Tobago, spécialiste des relations entre capitalisme et esclavage. Il enseigna à Howard pendant une dizaine d'années, avant de se consacrer à la politique. Dans les années 1950, il rentra à Trinité-et-Tobago, dont il fut Premier ministre.

Williams, Robert F. (1925-1996) : membre de la NAACP et dirigeant du mouvement des droits civiques dans les années 1950 et 1960, partisan de l'autodéfense armée.

Woodson, Carter G. (1875-1950) : historien, écrivain et journaliste, il fut l'un des premiers à étudier l'histoire afro-américaine. Aujourd'hui, il est considéré comme le père fondateur de la discipline.

Remerciements

Mes premiers remerciements vont à l'amour de ma vie, Kenyatta Matthews, sans qui ce livre n'aurait jamais existé. Il n'y a pas d'autre manière de le dire. Je remercie également ma mère (maman, tu ne viens en second que parce que la dédicace t'est adressée), qui me donnait une rédaction chaque fois que je commettais une bêtise, me demandant d'expliquer précisément ce que j'avais fait et pourquoi. Ce livre s'ouvre sur elle, envers qui j'ai une dette infinie. Mes pensées les plus affectueuses à ma grand-mère Anna Waters, à mes tantes Ava et JoAnn, à mes cousins Jeff, Kevin et Jo-Jo.

Je tiens à exprimer ma reconnaissance à mon père Paul Coates, qui, lorsque j'avais treize ans, me donna *Flyboy in the Buttermilk* de Greg Tate. Je n'y compris pas grand-chose, si ce n'est que, quelque part dans le monde, il y avait des gens dont le travail était de jouer avec la langue et d'analyser la diction de Chuck D. C'était tout ce que j'avais besoin de savoir. Paix à Greg Tate pour cette étincelle initiale.

Paix à mon frère Damani, qui en m'initiant au hip-hop et à la poésie planta la graine qui donnerait un jour naissance à cet ouvrage. Paix à mon frère John, qui a contribué à financer ce projet dans les derniers mois. Paix à Malik, qui m'a guidé à travers les modules de *Donjons et Dragons* : *Le Château-Fort aux confins du pays*, *Contre les géants*, *Le Château d'Ambreville*. Ces jours vivent encore avec moi et ils m'ont accompagné tout au long de ce livre. Paix à mes sœurs Kris et Kelly qui toujours m'ont encouragé. Paix à Menelik que je félicite pour avoir fait mieux que moi et pour être resté à la Mecque jusqu'au bout. Paix à ceux qui viennent après : Tye, N'namdi, Christian, Samori, Christopher, Oronde, Marley. Je vous aime.

Paix à tous ceux qui à un moment ou un autre ont travaillé pour le *Washington City Paper*, un journal qui a changé ma vie. Merci à David Carr qui m'a embauché alors que je n'avais écrit que quelques articles médiocres pour une publication étudiante. Merci à Bradford Mckee, l'un des plus grands chefs de rubrique avec qui il m'ait été donné de travailler. Merci à tous mes formidables amis au journal : Amanda Ripley, Michael Schaffer, Stephanie Mencimer (qui m'a orienté vers le *Washington Monthly* en temps de vaches maigres), Eric Wemple, Caroline Schweiter, Sean Daly, John Cloud, Jason Cherkis, Amy Austin. Pardon si j'en oublie. Je vieillis. Je vous aime. Cette période a été l'une des plus belles de ma vie.

Je remercie mon agent Gloria Loomus. Merci à Walter Mosley. Merci à mon éditeur Christopher Jackson, qui m'a aidé à transformer une idée née au cours d'un déjeuner en un véritable livre. Merci à tout le monde chez Spiegel & Grau : Mya Spalter, Meghan Walker, Lucy Silag, Cindy Spiegel et Julie Grau. Merci à tous les chefs de rubrique qui m'ont donné une chance. Merci à Bill Saporito, Nathan Thornburgh et Lisa Cullen, sans qui mon séjour à *Time* aurait certainement été plus court. Merci à Paul Tough et Llena Silverman, qui ont été d'une infinie patience avec moi.

Salutations à Jelani Cobb, Joel Dias-Porter, Brian Gilmore, Natalie Hopkinson, Natalie Moore, Kenneth Carroll et Bridget Warren. Chacun d'entre vous a joué un rôle dans mon éducation. Salutations à mon ami Ben Talton, qui n'a jamais douté, et à sa femme Janai Nelson, qui reste ma partenaire de débat préféré. Salutations à mes chers amis Neil Drumming, Dawnie Walton et Ricardo Gutierrez qui ont supporté mes interminables discours au sujet de ce livre. Salutations à Brendan Koerner et Eyal Press, sans qui j'aurais sans doute jeté mon ordinateur portable pour aller m'inscrire à un cours de cuisine. Salutations à Colby Poulson et GS. Je vous reverrai tous sur le champ de bataille, d'une manière ou d'une autre.

La playlist de Ta-Nehisi

Chapitre 1

« Children's Story », Slick Rick (1988)
« Sucker MCs », Run DMC (1983)
« Latoya », Just Ice (1986)
« I Can't Live Without My Radio », LL Cool J (1985)
« Smooth Operator », Big Daddy Kane (1989)
« Looking For the Perfect Beat », Afrika Bambaata (1983)

Chapitre 2

« I Ain't No Joke », Eric B. & Rakim (1987)

Chapitre 3

« Straight Out of the Jungle », Jungle Brothers (1988)
« Masters of War », Bob Dylan (1963)
« If It Isn't Love », New Edition (1988)
« Danse Macabre », Camille Saint-Saëns (1875)
« Boyz 'N' Tha Hood », Eazy E (1987)
« Black is Black », Jungle Brothers ft. Q-Tip (1988)

Chapitre 4

« I Know You Got Soul », Eric B. & Rakim (1987)
« Don't Believe The Hype », Public Enemy (1988)
« Cold Lampin with Flavor », Public Enemy (1988)
« She Watch Channel Zero ?! », Public Enemy (1988)
« Rebel Without A Pause », Public Enemy (1988)
« Lost In Emotion », Lisa Lisa & Cult Jam (1987)
« Lyrics Of Fury », Eric B & Rakim (1988)
« The Symphony », Marley Marl Feat. Masta Ace, Craig G, Kool G Rap & Big Daddy Kane (1988)
« I'm Housing », EPMD (1988)

Chapitre 5

« D.A.I.S.Y. Age », De La Soul (1989)
« Back To Life », Soul II Soul (1989)
« Strictly Snappin' Necks », EPMD (1989)
« Djembe Solo », Bassidi Koné (2015)

Chapitre 6

« Buggin' Out », A Tribe Called Quest (1991)

Chapitre 7

« Around the Way Girl », LL Cool J (1990)
« Old Marcus Garvey », Burning Spear (1975)

Chapitre 8

« They Reminisce Over You », Pete Rock & CL Smooth (1992)

Table des matières

12153

Composition
NORD COMPO

Achevé d'imprimer en Espagne
par CPI *(Barcelone)*
le 16 avril 2018.

Dépôt légal : mai 2018.
EAN 9782290148501
OTP L21EPLN002239N001

ÉDITIONS J'AI LU
87, quai Panhard-et-Levassor, 75013 Paris

Diffusion France et étranger : Flammarion